MACHADO DE ASSIS

O Alienista e outros contos

Orientação pedagógica e notas de leitura:
Douglas Tufano

COORDENAÇÃO EDITORIAL Maristela Petrili de Almeida Leite
EDIÇÃO DE TEXTO Janette Tavano
COORDENAÇÃO DE EDIÇÃO DE ARTE Camila Fiorenza
CAPA Bruna Assis Brasil
FOTOS UTILIZADAS NA MONTAGEM DA CAPA ©Library of Congress - digital ve/ Science Faction/Corbis/Latinstock
DIAGRAMAÇÃO Michele Figueredo, Cristina Uetake
COORDENAÇÃO DE REVISÃO Elaine Cristina del Nero
REVISÃO Andrea Ortiz
COORDENAÇÃO DE PESQUISA ICONOGRÁFICA Luciano Baneza Gabarron
PESQUISA ICONOGRÁFICA Rosa André, Lourdes Guimarães
COORDENAÇÃO DE *BUREAU* Américo Jesus
PRÉ-IMPRESSÃO Rubens Mendes Rodrigues
COORDENAÇÃO DE PRODUÇÃO INDUSTRIAL Wilson Aparecido Troque
IMPRESSÃO E ACABAMENTO A.S. Pereira Gráfica e Editora EIRELI
LOTE: 802666 - Código: 12096885

Dados Internacionais de Catalogação na Publicação (CIP)
(Câmara Brasileira do Livro, SP, Brasil)

Assis, Machado de, 1839-1908.
O alienista e outros contos / Machado de Assis ; orientação pedagógica e notas de leitura Douglas Tufano. — 4. ed. — São Paulo : Moderna, 2015. — (Coleção travessias)

ISBN 978-85-16-09688-5

1. Contos brasileiros I. Tufano, Douglas. II. Título. III. Série.

15-00671 CDD-869.93

Índices para catálogo sistemático:
1. Contos : Literatura brasileira 869.93

EDITORA MODERNA LTDA.
Rua Padre Adelino, 758 - Belenzinho
São Paulo - SP - Brasil - CEP 03303-904
Vendas e Atendimento: Tel. (11) 2790-1300
Fax (11) 2790-1501
www.modernaliteratura.com.br
2025

SUMÁRIO

LIVROS ANTIGOS PARA UM PÚBLICO JOVEM

Para o público de hoje, a leitura de um romance do século XIX pode parecer uma tarefa pouco prazerosa. Além da dificuldade para compreender o sentido de muitas palavras e expressões de épocas passadas, da estranheza de certas construções sintáticas pouco usuais atualmente, há nessas obras uma sensibilidade artística bem diferente da nossa, valores morais que privilegiam outros comportamentos. Mas não será possível ao leitor contemporâneo entender essas obras e até mesmo extrair delas o prazer da leitura?

A Editora Moderna apostou no "sim" e investiu numa edição diferenciada dos clássicos. A exemplo do que já é feito em outros países, em que uma mesma obra é editada com diferentes níveis de informação, os clássicos da coleção Travessias apresentam um minucioso trabalho de comentários à margem do texto integral.

O leitor iniciante tem muito a ganhar com essa leitura sinalizada, em que informações históricas, notas explicativas de vocabulário e características literárias da obra em questão são apresentadas de forma concisa e acessível pelo professor Douglas Tufano, reconhecido autor de livros didáticos na área de língua portuguesa e literatura.

A nossa intenção principal é aproximar passado e presente, levando o leitor a descobrir nos enredos dos livros antigos as mesmas emoções humanas que nos empolgam hoje.

MACHADO DE ASSIS: VIDA E OBRA

Nasce o menino Joaquim Maria

Foi no dia 21 de junho de 1839 que nasceu o menino Joaquim Maria Machado de Assis, no morro do Livramento, na cidade do Rio de Janeiro.

Do alto desse morro, tinha-se uma bela vista da baía da Guanabara, que encantava todos aqueles que chegavam à cidade. Mas os pais do garoto Joaquim Maria não tinham muito tempo para apreciar a paisagem: com uma vida difícil, eles precisavam trabalhar bastante.

Sua mãe chamava-se Maria Leopoldina Machado de Assis. Ela era uma emigrante portuguesa, natural do arquipélago dos Açores, e tinha vindo para o Brasil ainda menina. O pai era um pintor de casas carioca chamado Francisco José de Assis. O bisavô de Joaquim Maria tinha sido escravo liberto, mas o avô e o pai eram homens livres.

O menino cresceu num lar em que os pais eram alfabetizados, o que não era muito comum naquela época. E foi com eles, provavelmente, que aprendeu a ler e a escrever e recebeu estímulo para continuar a estudar por conta própria, pois até hoje não há registro de que ele tenha frequentado regularmente alguma escola.

A família morava numa casa modesta na chácara do Livramento e era protegida pela dona da propriedade, uma senhora rica chamada Maria José de Mendonça Barroso, que foi madrinha de Joaquim Maria.

Em 1840, nasceu sua irmã, a menina Maria, que, no entanto, morreu aos cinco anos, em 1845, vítima de sarampo – que, na época, matava muita gente no Brasil, adultos e crianças. Nesse mesmo ano, aliás, sua madrinha Maria José também contraiu a doença e faleceu.

MACHADO DE ASSIS AOS 25 ANOS.

MORRO DO LIVRAMENTO, ONDE MACHADO DE ASSIS NASCEU.

Joaquim Maria perde a mãe e enfrenta a cidade

No dia 18 de janeiro de 1849, a mãe de Joaquim Maria morreu, vítima de tuberculose. Tinha 36 anos de idade. Sozinho com o pai, aquele deve ter sido um ano difícil para o menino de apenas 10 anos. Mudaram-se para São Cristóvão e o garoto frequentemente pegava a barca que ligava o bairro ao centro da cidade. Durante o percurso, aproveitava para ler.

Em 1854, seu pai casou-se com Maria Inês da Silva. Ela era doceira, e Joaquim Maria passou a ajudá-la a vender doces para os alunos de um colégio rico de São Cristóvão. Mas isso durou pouco. Nesse mesmo período, Joaquim Maria, com quinze anos, resolveu sair do subúrbio e morar na cidade. Precisava ganhar a vida sozinho. Sabia ler e escrever, era inteligente e esperto. Gostava de estudar. E tinha muita força de vontade.

O gosto pela literatura

Atraído pela literatura, Joaquim Maria logo começou a frequentar redações de jornal, pois era lá que se reuniam os escritores da época. Antes de lançar seus romances em livros, os autores quase sempre os publicavam nos jornais. As histórias, chamadas folhetins, saíam em capítulos que eram seguidos com interesse pelo pequeno público leitor. O autor que fizesse sucesso juntava os capítulos e editava um livro. Assim surgiram muitas obras famosas da literatura brasileira, como O *guarani*, de José de Alencar.

Joaquim Maria começou a colaborar na imprensa e logo em janeiro de 1855, quando ainda não tinha completado dezesseis anos, viu publicada uma de suas poesias na *Marmota Brasileira*, um jornal de variedades e literatura muito lido pelas famílias cariocas. O dono desse periódico era Francisco de Paula Brito e em sua casa funcionava uma tipografia e uma livraria. O jovem Joaquim Maria deve ter trabalhado lá como tipógrafo e vendedor. E deve também ter participado das reuniões de escritores e políticos que se encontravam frequentemente no local. Assim, aos poucos, ele foi se integrando nesse ambiente intelectual estimulante, muito diferente da pacata vida do subúrbio que deixara para trás. Conheceu pessoas da classe alta, começou a comparecer a festas e reuniões sociais, aproveitando para declamar seus próprios poemas e fazer-se conhecido.

Em busca de mais cultura, Joaquim Maria começou a frequentar o Gabinete Português de Leitura, uma biblioteca pública que possuía um bom acervo, pois já em 1850 colocava à disposição dos leitores cerca de dezesseis mil obras. Sabia também que, se quisesse se aprofundar nos estudos literários, teria que conhecer outras línguas, por isso, estudava inglês e francês.

Teatro: a grande diversão carioca

A grande atração das noites cariocas era o teatro. Havia vários espetáculos na época, que começaram a atrair a atenção de Joaquim Maria.

O público apreciava muito as óperas italianas, e as cantoras líricas arrebatavam os jovens espectadores, que se uniam em verdadeiras torcidas a favor desta ou daquela atriz, chegando inclusive a se colocar no lugar dos cavalos da carruagem para transportar suas preferidas. O jovem Joaquim Maria também participou dessas manifestações de fanatismo, sendo um grande fã de Augusta Candiani (Milão, 1820 – Rio de Janeiro, 1890), uma das mais populares cantoras líricas da época.

Como o seu interesse por esse tipo de espetáculo cresceu, ele logo se animou a escrever peças teatrais, ao lado das poesias que já começavam a tornar seu nome conhecido. Dedicou-se a escrever crítica de teatro na imprensa e aos poucos iniciou-se como cronista e contista.

Nasce o escritor Machado de Assis

Poeta, contista, autor de peças teatrais, cronista, crítico – o jovem Joaquim Maria firmava-se como um intelectual participativo da vida cultural carioca e começava a ser conhecido como Machado de Assis.

Participou ativamente da imprensa da época, escrevendo crônicas durante muitos anos em diversos jornais e revistas, comentando tudo o que acontecia de importante ou curioso na cidade e no Brasil, revelando-se um atento observador da vida social e política, capaz de críticas agudas, mas sempre feitas em tom educado. Aliás, ele mesmo, certa vez, afirmou que suas crônicas eram como gatos: acariciavam arranhando.

Carolina: o grande amor de sua vida

A vida profissional de Machado de Assis ia bem, embora trabalhasse muito e ainda ganhasse pouco. Tinha muitos amigos influentes e, em março de 1867, recebeu do imperador o título de Cavaleiro da Ordem da Rosa. Ainda nesse mesmo ano, em 8 de abril, foi nomeado ajudante do diretor do *Diário Oficial*. Era um cargo modesto, com ordenado também moderado. Mas, de qualquer forma, era o início de uma carreira no funcionalismo público, que poderia trazer-lhe estabilidade financeira.

Mas, enquanto na vida profissional as coisas caminhavam bem, na pessoal ele sentia falta de um grande amor. Até que isso finalmente aconteceu graças a uma portuguesa bonita, culta e prendada chamada Carolina, que tinha vindo ao Rio de Janeiro para ajudar a cuidar do irmão doente, Faustino Xavier de Novais, que era amigo de Machado de Assis.

Carolina Augusta Xavier de Novais era natural da cidade do Porto, em Portugal, onde nascera em 20 de fevereiro de 1835. Era, portanto, quatro anos e quatro meses mais velha que Machado de Assis. E era branca, o que parece ter provocado uma certa resistência da família em consentir no casamento, pois Machado era mulato, e isso ainda pesava muito em 1868. Mas o amor que havia entre eles era muito forte e, depois da morte do irmão de Carolina, eles se casaram, no dia 12 de novembro de 1869.

Foi um casamento feliz, que consolidou o amor que sentiam. Carolina foi um apoio fundamental para Machado, que passou a dedicar-se mais a seus próprios livros.

Quanto à saúde de Machado, comenta-se que ele teria sido gago e epiléptico. Segundo alguns estudiosos, se ele sofria de gagueira, não deve ter sido uma coisa grave, pois há inúmeros testemunhos de que ele mesmo declamava suas poesias e lia textos em reuniões sociais sem nenhum problema. Quanto à epilepsia, segundo o depoimento de uma amiga de Carolina, citado pelo historiador Jean-Michel Massa, esta lhe confidenciara que "o marido sentia aquelas coisas esquisitas desde a infância". Embora não tenhamos depoimentos definitivos acerca desse problema, parece que realmente Machado de Assis, com o tempo, sofria ataques epilépticos cada vez mais constantes.

O JOVEM MACHADO.

CAROLINA AUGUSTA.

Como viver da literatura?

Havia muito amor entre o casal, mas pouco dinheiro, e Machado passou por várias dificuldades com os preparativos do casamento e o início da vida a dois, pois as despesas aumentaram.

No campo literário, ele era bem conhecido, escrevia contos e já tinha publicado um livro de poesias — *Crisálidas* —, mas não recebia um bom salário fixo que pudesse garantir-lhe uma sobrevivência tranquila, porque, como acontece com a maioria dos escritores ainda hoje, ninguém conseguia viver apenas da literatura...

E como viver da literatura no século XIX, com tão poucos leitores?

Numa crônica de 15 de agosto de 1876, Machado de Assis escreveu: "A nação não sabe ler. Há só 30% dos indivíduos residentes neste país que podem ler; desses, uns 9% não leem letra de mão. 70% jazem em profunda ignorância". E comentando as consequências políticas desse analfabetismo, afirmou: "70% dos cidadãos votam do mesmo modo que respiram: sem saber por que nem o quê. Votam como vão à festa da Penha — por divertimento. A Constituição é para eles uma coisa inteiramente desconhecida. Estão prontos para tudo: uma revolução ou um golpe de Estado".

Isso explica por que as tiragens dos romances eram, em média, muito baixas, não passando de mil exemplares, limitando ainda mais a difusão da literatura.

Em 1887, outro escritor da época, Artur Azevedo, disse numa crônica: "Pode-se afirmar, sem receio de exageração, que o grosso do nosso público, em coisas de literatura, só lê e só conhece o folhetim-romance e as seções alegres das folhas diárias, mas que não excedem uma coluna".

Essa era a situação enfrentada pelos escritores brasileiros no final do século XIX.

O funcionário público e o escritor

Em 1873, Machado de Assis ganhou uma promoção: foi nomeado 1º oficial de secretaria do Estado do Ministério da Agricultura, Comércio e Obras Públicas. Em 1888, foi agraciado pelo imperador com o título de oficial da Ordem da Rosa. Em 1889, passou a diretor da Diretoria do Comércio e, em 1892, foi designado diretor-geral da Viação. Sua carreira como funcionário público ia muito bem.

À medida que se estabilizava na vida profissional, Machado dedicava-se cada vez mais à literatura, lendo, estudando e escrevendo, sempre com o apoio de Carolina. De tempos em tempos, reunia em livro os contos que continuava escrevendo em jornais e revistas, mas também dedicava-se regularmente à produção de romances. Os quatro primeiros foram publicados sempre com um intervalo de dois anos: *Ressurreição* (1872), *A mão e a luva* (1874), *Helena* (1876) e *Iaiá Garcia* (1878).

PRÉDIO DO MINISTÉRIO DA INDÚSTRIA, VIAÇÃO E OBRAS PÚBLICAS, ONDE MACHADO TRABALHOU.

Em 1878, Machado ficou muito doente e, a conselho médico, foi passar uma temporada na vizinha cidade de Friburgo. Estava proibido de ler e escrever, mas não de pensar... E tinha Carolina, que o ajudava, anotando o que ele ditava.

Em 1881, publicou o livro que marcaria a literatura brasileira: *Memórias póstumas de Brás Cubas*. Essa obra revelou a maturidade de Machado de Assis como escritor. Mais tarde, lançou *Quincas Borba* (1891), *Dom Casmurro* (1899), *Esaú e Jacó* (1904) e *Memorial de Aires* (1908).

Um escritor que olha além das aparências

"Eu gosto de catar o mínimo e o escondido. Onde ninguém mete o nariz, aí entra o meu, com a curiosidade estreita e aguda que descobre o encoberto."

Essa afirmação de Machado de Assis pode servir como resumo de sua característica principal: o gosto em investigar o que move realmente o comportamento das pessoas, em revelar as intenções secretas dos atos humanos. Essa profunda análise do mundo interior do ser humano é a marca típica da literatura machadiana. E essa análise psicológica feita por Machado de Assis é quase sempre marcada pela ironia, que é um meio de provocar o leitor e fazê-lo pensar naquilo que o texto sugere ou insinua.

A Academia Brasileira de Letras

No dia 15 de dezembro de 1896, realizava-se a primeira sessão da Academia Brasileira de Letras, uma iniciativa de um grupo de jovens escritores do Rio de Janeiro. Machado de Assis foi aclamado presidente. Era a consagração de seu nome, o reconhecimento público e oficial de que era o maior nome das letras brasileiras.

A Academia Brasileira de Letras seguia de perto o modelo da famosa Academia Francesa, fundada em 1635. Cada membro era titular de uma cadeira, batizada com o nome de um escritor falecido. Na morte de um membro, realizava-se uma eleição para a escolha de seu sucessor. Esse procedimento é adotado até hoje.

Na sessão inaugural, tomaram posse os quarenta fundadores, tendo cada um escolhido seu patrono. Machado de Assis ocupava a cadeira número 23 e seu patrono era um escritor por quem ele tinha muita admiração — José de Alencar.

Chega o novo século!

No final do século XIX, vários fatos importantes mudaram a vida social brasileira. Em 13 de maio de 1888, a Lei Áurea decretou o fim da escravidão, depois de muita pressão dos grupos abolicionistas. Em 15 de novembro de 1889, caiu a monarquia e proclamou-se a república, marcando o início de uma nova fase na história do Brasil.

Machado de Assis assistiu a tudo isso com seus olhos críticos. E participou também da chegada do século XX, com novidades científicas e tecnológicas que transformavam rapidamente a face do mundo e o dia a dia das pessoas. Quanta diferença com relação ao mundo que viu quando criança!

CAPA DE RESSURREIÇÃO.

DOM CASMURRO

POR

MACHADO DE ASSIS

DA ACADEMIA BRAZILEIRA

1ª EDIÇÃO DE DOM CASMURRO.

H. GARNIER, LIVREIRO-EDITOR

71, RUA MOREIRA CEZAR, 71
RIO DE JANEIRO

6, RUE DES SAINTS-PERES, 6
PARIZ

MACHADO AOS 40 ANOS.

MACHADO, NA 1ª FILA (2º À ESQUERDA), EM 1906.

GRUPO DE ESCRITORES E ARTISTAS QUE SE REUNIAM PARA FALAR SOBRE POLÍTICA E ARTE: RODOLFO AMOEDO, ARTUR AZEVEDO, INGLÊS DE SOUSA, OLAVO BILAC, JOSÉ VERÍSSIMO, SOUSA BANDEIRA, FILINTO DE ALMEIDA, GUIMARÃES PASSOS, VALENTIM MAGALHÃES, BERNARDELLI, RODRIGO OCTAVIO, HEITOR PEIXOTO; SENTADOS: JOÃO RIBEIRO, MACHADO, LÚCIO DE MENDONÇA E SILVA RAMOS.

Algumas novidades no fim do século 19 e início do 20:

NA ALEMANHA, KARL BENZ PRODUZIU COM SUCESSO O PRIMEIRO AUTOMÓVEL A GASOLINA EM 1885.

ANÚNCIO DA CÂMERA FOTOGRÁFICA KODAK, NOVIDADE DA ÉPOCA.

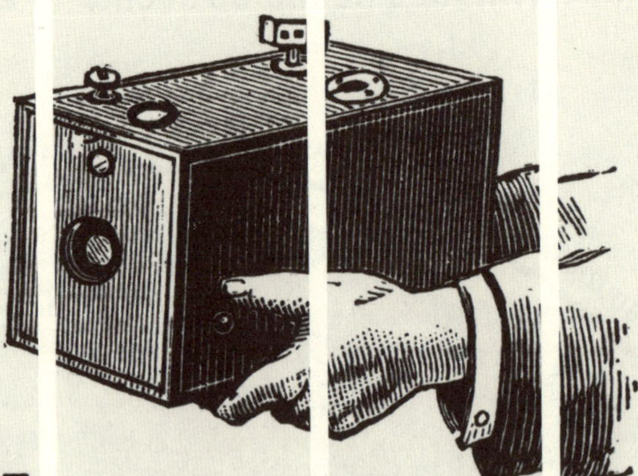

EM 1888, O ESCOCÊS JOHN DUNLOP FABRICA O PRIMEIRO PNEU DE BICICLETA CHEIO DE AR.

O ITALIANO MARCONI
REALIZOU AS PRIMEIRAS
TRANSMISSÕES DO
TELÉGRAFO SEM FIO
EM 1902.

Aos 57 anos.

"Tudo me lembra a minha meiga Carolina"

Mas o novo século não começou bem para Machado de Assis.

O dia 20 de outubro de 1904 foi o mais triste de sua vida. Depois de 35 anos de casados, Carolina morreu. Sozinho em casa, Machado sentia-se perdido, mergulhado nas lembranças da "meiga Carolina", sua companheira na vida e grande estimuladora na carreira literária. Com o amigo Joaquim Nabuco, abriu o coração e desabafou:

"Foi-se a melhor parte da minha vida, e aqui estou só no mundo. Note que a solidão não me é enfadonha, antes me é grata, porque é um modo de viver com ela, ouvi-la, assistir aos mil cuidados que essa companheira de 35 anos de casados tinha comigo; mas não há imaginação que não acorde, e a vigília aumenta a falta da pessoa amada. Éramos velhos, e eu contava morrer antes dela, o que seria um grande favor; primeiro, porque não acharia ninguém que melhor me ajudasse a morrer; segundo, porque ela deixa alguns parentes que a consolariam das saudades, e eu não tenho nenhum. Os meus são os amigos, e verdadeiramente são os melhores, mas a vida os dispersa, no espaço, nas preocupações do espírito e na própria carreira que a cada um cabe. Aqui me fico, por ora na mesma casa, no mesmo aposento, com os mesmos adornos seus. Tudo me lembra a minha meiga Carolina. Como estou à beira do eterno aposento, não gastarei muito tempo em recordá-la. Irei vê-la, ela me esperará".

Amargurado, Machado de Assis transformou em poesia a dor que estava sentindo:

A CAROLINA

QUERIDA, AO PÉ DO LEITO DERRADEIRO
EM QUE REPOUSAS DESSA LONGA VIDA,
AQUI VENHO E VIREI, POBRE QUERIDA,
TRAZER-TE O CORAÇÃO DO COMPANHEIRO.

PULSA-LHE AQUELE AFETO VERDADEIRO
QUE, A DESPEITO DE TODA A HUMANA LIDA,
FEZ A NOSSA EXISTÊNCIA APETECIDA
E NUM RECANTO PÔS O MUNDO INTEIRO.

TRAGO-TE FLORES, — RESTOS ARRANCADOS
DA TERRA QUE NOS VIU UNIDOS
E ORA MORTOS NOS DEIXA E SEPARADOS.

QUE EU, SE TENHO NOS OLHOS MALFERIDOS
PENSAMENTOS DE VIDA FORMULADOS,
SÃO PENSAMENTOS IDOS E VIVIDOS.

274.R.28
Pacheco & Filho.
Rua do Ouvidor 102
Rio de Janeiro

A morte de Machado de Assis

A saúde de Machado de Assis piorava. Aconteceu aquilo que ele previra na carta a Joaquim Nabuco: "Como estou à beira do eterno aposento, não gastarei muito tempo em recordá-la". Realmente, ele viveu apenas mais quatro anos, falecendo no dia 29 de setembro de 1908 aos 69 anos. Seu funeral foi um acontecimento notável na cidade. Um imenso cortejo formou-se até o cemitério São João Batista, onde ele foi enterrado ao lado de Carolina.

O Rio de Janeiro homenageava um filho famoso e querido. E o Brasil se despedia de um dos maiores escritores da sua história.

CASA DA RUA COSME VELHO, ONDE MACHADO E CAROLINA VIVERAM.

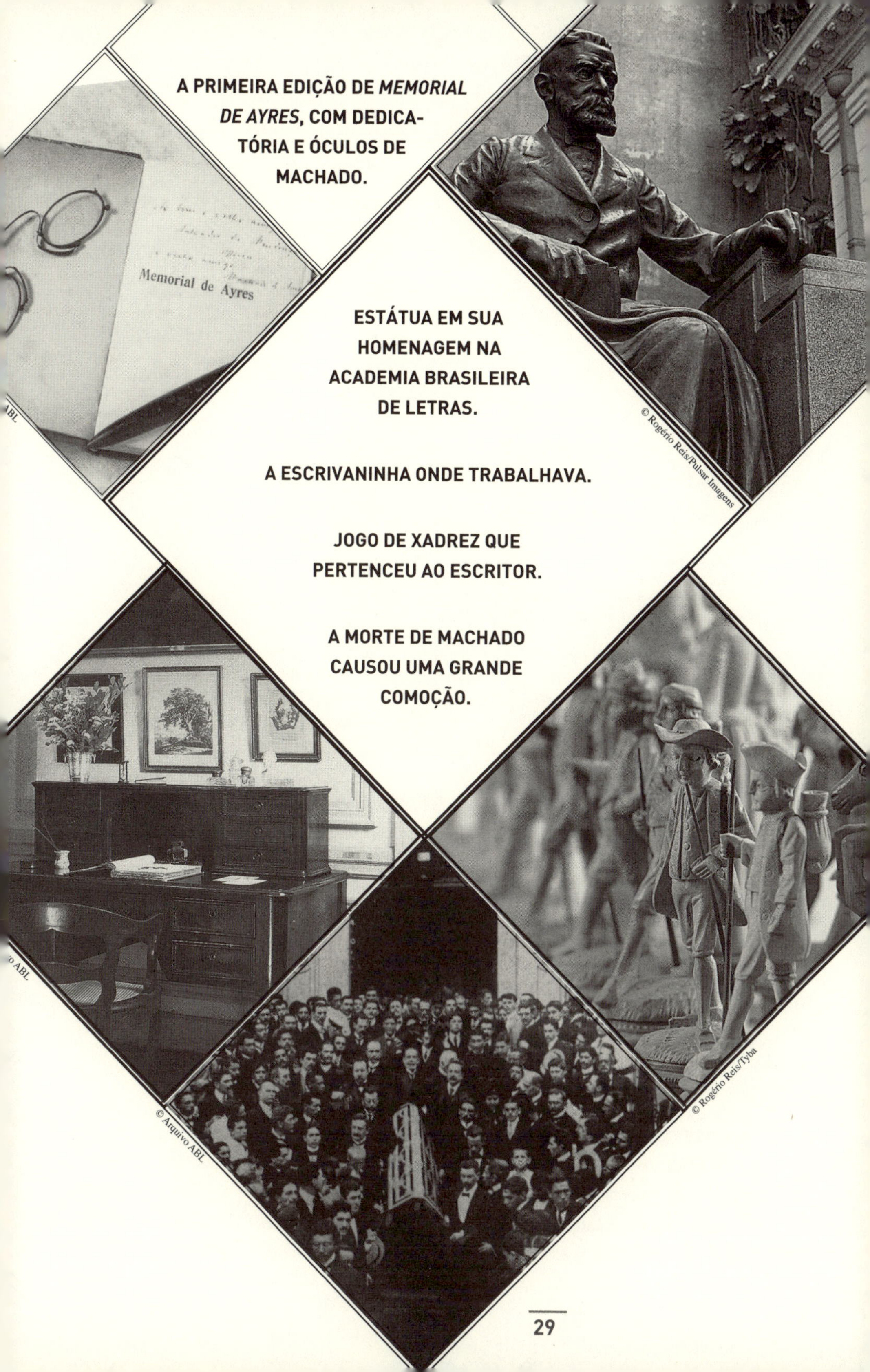

A PRIMEIRA EDIÇÃO DE *MEMORIAL DE AYRES*, COM DEDICATÓRIA E ÓCULOS DE MACHADO.

ESTÁTUA EM SUA HOMENAGEM NA ACADEMIA BRASILEIRA DE LETRAS.

A ESCRIVANINHA ONDE TRABALHAVA.

JOGO DE XADREZ QUE PERTENCEU AO ESCRITOR.

A MORTE DE MACHADO CAUSOU UMA GRANDE COMOÇÃO.

Nota dos editores:

Por se tratar de uma coletânea que reúne vários textos autônomos de Machado de Assis — e considerando que o leitor pode querer seguir uma ordem diferente da que está proposta —, optamos por repetir as notas de vocabulários e de esclarecimentos quando estas aparecem em mais de um dos contos deste livro.

O ALIENISTA

1. De como Itaguaí ganhou uma **casa de orates**

As crônicas da vila de **Itaguaí** dizem que em tempos remotos vivera ali um certo médico, o Dr. **Simão Bacamarte**, filho da nobreza da terra e o maior dos médicos do Brasil, de Portugal e das Espanhas. Estudara em Coimbra e Pádua. Aos trinta e quatro anos regressou ao Brasil, não podendo el-rei alcançar dele que ficasse em Coimbra, regendo a universidade, ou em Lisboa, expedindo os negócios da monarquia.

— A ciência — disse ele a Sua Majestade — é o meu emprego único; Itaguaí é o meu universo.

Dito isto, meteu-se em Itaguaí, e entregou-se de corpo e alma ao estudo da ciência, alternando as curas com as leituras, e demonstrando os teoremas com **cataplasmas**. Aos quarenta anos casou com D. Evarista da Costa e Mascarenhas, senhora de vinte e cinco anos, viúva de um juiz de fora, e não bonita nem simpática. Um dos tios dele, **caçador de pacas perante o Eterno**, e não menos franco, admirou-se de semelhante escolha e disse-lho. Simão Bacamarte explicou-lhe que D. Evarista reunia condições fisiológicas e anatômicas de primeira ordem, digeria com facilidade, dormia regularmente, tinha bom pulso, e excelente vista; estava assim apta para dar-lhe filhos robustos, sãos e inteligentes. Se além dessas **prendas** — únicas dignas da preocupação de um sábio, D. Evarista era **mal composta de feições**, longe de lastimá-lo, agradecia-o a Deus, porquanto não corria o risco de **preterir** os interesses da ciência na contemplação exclusiva, miúda e vulgar da **consorte**.

D. Evarista **mentiu** às esperanças do Dr. Bacamarte, não lhe deu filhos robustos nem **mofinos**. A índole natural da ciência é a **longanimidade**; o nosso médico esperou três anos, depois quatro, depois

Casa de orates: hospício, hospital psiquiátrico.

Itaguaí: pequena cidade do interior do Rio de Janeiro.

Simão Bacamarte: bacamarte é o nome de uma antiga arma de fogo de cano largo. Ao longo da leitura, observar se o sobrenome do médico tem relação com o seu comportamento.

Cataplasmas: massas medicamentosas que se aplicam a uma parte inflamada do corpo.

Caçador de pacas perante o Eterno: paródia da passagem bíblica "como Nemrod, valente caçador perante o Eterno" (Gênesis 10:9). Nemrod, lendário rei dos caldeus, simboliza o caçador incansável. Associar um reles caçador de pacas a Nemrod reforça o tom irônico desse comentário.

Prendas: qualidades.

Mal composta de feições: eufemismo para não dizer que ela era feia. Trata-se de um recurso de estilo que consiste em falar algo desagradável de maneira disfarçada e educada.

Preterir: deixar de lado.

Consorte: cônjuge.

Mentiu: não correspondeu.

Mofinos: doentes.

Longanimidade: paciência.

cinco. **Ao cabo** desse tempo fez um estudo profundo da matéria, releu todos os escritores árabes e outros, que trouxera para Itaguaí, enviou consultas às universidades italianas e alemãs, e acabou por aconselhar à mulher um regime alimentício especial. A ilustre dama, nutrida exclusivamente com a bela carne de porco de Itaguaí, **não atendeu às admoestações** do esposo; e à sua resistência — explicável, mas inqualificável — devemos a total extinção da dinastia dos Bacamartes.*

Mas a ciência tem o **inefável** dom de curar todas as mágoas; o nosso médico mergulhou inteiramente no estudo e na prática da medicina. Foi então que um dos recantos desta lhe chamou especialmente a atenção — o recanto psíquico, o exame da **patologia** cerebral. Não havia na colônia, e ainda no reino, uma só autoridade em semelhante matéria, mal explorada, ou quase inexplorada. Simão Bacamarte compreendeu que a ciência lusitana, e particularmente a brasileira, podia cobrir-se de "**louros imarcescíveis**" — expressão usada por ele mesmo, mas em um arroubo de intimidade doméstica; exteriormente era modesto, segundo convém aos sabedores.

— A saúde da alma — bradou ele — é a ocupação mais digna do médico.

— Do verdadeiro médico — emendou Crispim Soares, boticário da vila, e um dos seus amigos e **comensais**.

A **vereança** de Itaguaí, entre outros pecados de que é **arguida** pelos cronistas, tinha o de não fazer caso dos dementes. Assim é que cada louco furioso era trancado em uma alcova, na própria casa, e, **não curado, mas descurado**, até que a morte o vinha **defraudar do benefício da vida**; os mansos andavam à solta pela rua. Simão Bacamarte entendeu desde logo reformar tão ruim costume; pediu licença à Câmara para agasalhar e tratar no edifício que ia construir todos os loucos de Itaguaí e das demais vilas e cidades, mediante um **estipêndio**, que a Câmara lhe daria quando a família

Ao cabo: ao fim.

Não atendeu às admoestações: não seguiu os conselhos.

* A ironia do narrador com relação às "certezas" científicas começa na própria história do casamento do médico e se estenderá ao longo de toda a narrativa.

Inefável: indescritível.

Patologia: doença.

Louros imarcescíveis: louros que não murcham, que são eternos. Receber uma coroa de louros era um símbolo de glória no antigo mundo grego e romano.

Comensais: aqueles que costumeiramente comem na casa de outras pessoas.

Vereança: o grupo dos vereadores.

Arguida: acusada.

Não curado, mas descurado: não cuidado, mas descuidado.

Defraudar do benefício da vida: eufemismo para dizer "extinguir sua vida".

Estipêndio: pagamento.

do enfermo o não pudesse fazer. A proposta excitou a curiosidade de toda a vila, e encontrou grande resistência, tão certo é que dificilmente se **desarraigam** hábitos absurdos, ou ainda maus. A ideia de manter os loucos na mesma casa, vivendo em comum, pareceu em si mesma um sintoma de demência, e não faltou quem o insinuasse à própria mulher do médico.

— Olhe, D. Evarista — disse-lhe o Padre Lopes, vigário do lugar —, veja se seu marido dá um passeio ao Rio de Janeiro. Isso de estudar sempre, sempre, não é bom, vira o juízo.

D. Evarista ficou **aterrada**, foi ter com o marido, disse-lhe "que estava com desejos", um principalmente, o de vir ao Rio de Janeiro e comer tudo o que a ele lhe parecesse adequado a certo fim. Mas aquele grande homem, com a rara sagacidade que o distinguia, **penetrou** a intenção da esposa e **redarguiu**-lhe sorrindo que não tivesse medo. Dali foi à Câmara, onde os vereadores debatiam a proposta, e defendeu-a com tanta eloquência, que a maioria resolveu autorizá-lo ao que pedira, votando ao mesmo tempo um imposto destinado a subsidiar o tratamento, alojamento e mantimento dos doidos pobres. A matéria do imposto não foi fácil achá-la; tudo estava tributado em Itaguaí. Depois de longos estudos, assentou-se em permitir o uso de dois penachos nos cavalos dos enterros. Quem quisesse emplumar os cavalos de um coche mortuário pagaria dois tostões à Câmara, repetindo-se tantas vezes esta quantia quantas fossem as horas decorridas entre a do falecimento e a da última bênção na sepultura. O escrivão perdeu-se nos cálculos aritméticos do rendimento possível da nova taxa; e um dos vereadores, que não acreditava na empresa do médico, pediu que se **relevasse** o escrivão de um trabalho inútil.

— Os cálculos não são precisos — disse ele — porque o Dr. Bacamarte não arranja nada. Quem é que viu agora meter todos os doidos dentro da mesma casa?

Enganava-se o digno magistrado; o médico arranjou tudo. Uma vez empossado da licença começou logo a

Desarraigam: eliminam.

Aterrada: aterrorizada.

Penetrou: percebeu.

Redarguiu: respondeu.

Relevasse: dispensasse.

construir a casa. Era na Rua Nova, a mais bela rua de Itaguaí naquele tempo, tinha cinquenta janelas por lado, um pátio no centro, e numerosos cubículos para os hóspedes. Como fosse grande arabista, achou no ***Corão*** que Maomé declara **veneráveis** os doidos, pela consideração de que Alá lhes tira o juízo para que não pequem. A ideia pareceu-lhe bonita e profunda, e ele a fez gravar no frontispício da casa; mas, como tinha medo ao vigário, e por tabela ao bispo, atribuiu o pensamento a **Benedito VIII**, merecendo com essa fraude, aliás pia, que o Padre Lopes lhe contasse, ao almoço, a vida daquele pontífice eminente.

A Casa Verde foi o nome dado ao asilo, por alusão à cor das janelas, que pela primeira vez apareciam verdes em Itaguaí. Inaugurou-se com imensa pompa; de todas as vilas e povoações próximas, e até remotas, e da própria cidade do Rio de Janeiro, correu gente para assistir às cerimônias, que duraram sete dias. Muitos dementes já estavam recolhidos; e os parentes tiveram ocasião de ver o carinho paternal e a caridade cristã com que eles iam ser tratados. D. Evarista, contentíssima com a glória do marido, vestira-se luxuosamente, cobriu-se de joias, flores e sedas. Ela foi uma verdadeira rainha naqueles dias memoráveis; ninguém deixou de ir visitá-la duas e três vezes, apesar dos costumes caseiros e recatados do século, e não só a **cortejavam** como a louvavam; porquanto — e este fato é um documento altamente honroso para a sociedade do tempo — porquanto viam nela a feliz esposa de um alto espírito, de um varão ilustre, e, se lhe tinham inveja, era a santa e nobre inveja dos admiradores.

Ao cabo de sete dias expiraram as festas públicas; Itaguaí tinha finalmente uma casa de orates.

2. Torrente de loucos

Três dias depois, numa **expansão** íntima com o boticário Crispim Soares, desvendou o **alienista** o mistério do seu coração.

***Corão* (ou alcorão):** livro sagrado dos muçulmanos. Nele estão as palavras de Deus (Alá), que teriam sido transmitidas ao profeta Maomé pelo arcanjo Gabriel.

Veneráveis: que merecem muito respeito.

Benedito VIII: papa durante o período entre 1012 e 1024.

Cortejavam: saudavam, cumprimentavam.

Expansão: confissão.

Alienista: médico especialista em doenças mentais.

— A caridade, Sr. Soares, entra decerto no meu procedimento, mas entra como tempero, como o sal das coisas, que é assim que interpreto o dito de São Paulo aos Coríntios*: "Se eu conhecer quanto se pode saber, e não tiver caridade, não sou nada". O principal nesta minha obra da Casa Verde é estudar profundamente a loucura, os seus diversos graus, classificar-lhe os casos, descobrir enfim a causa do fenômeno e o remédio universal. Este é o mistério do meu coração. Creio que com isto presto um bom serviço à humanidade.

— Um excelente serviço — corrigiu o boticário.

— Sem este asilo — continuou o alienista — pouco poderia fazer; ele dá-me, porém, muito maior campo aos meus estudos.

— Muito maior — acrescentou o outro.

E tinham razão. De todas as vilas e arraiais vizinhos afluíram loucos à Casa Verde. Eram furiosos, eram mansos, eram **monomaníacos**, era toda a família dos deserdados do espírito. Ao cabo de quatro meses, a Casa Verde era uma povoação. Não bastaram os primeiros cubículos; mandou-se anexar uma galeria de mais trinta e sete. O Padre Lopes confessou que não imaginara a existência de tantos doidos no mundo, e menos ainda o inexplicável de alguns casos. Um, por exemplo, um rapaz **bronco e vilão**, que todos os dias, depois do almoço, fazia regularmente um discurso acadêmico, ornado de **tropos**, de antíteses, de apóstrofes, com seus **recamos** de grego e latim, e suas **borlas de Cícero, Apuleio e Tertuliano**. O vigário não queria acabar de crer. Quê! Um rapaz que ele vira, três meses antes, jogando peteca na rua!

— Não digo que não — respondia-lhe o alienista —, mas a verdade é o que Vossa Reverendíssima está vendo. Isto é todos os dias.

— Quanto a mim — tornou o vigário —, só se pode explicar pela confusão das línguas na **torre de Babel**, segundo nos conta a Escritura; provavelmente, confundidas antigamente as línguas, é fácil trocá-las agora, desde que a razão não trabalhe...

*** Referência à carta do apóstolo Paulo aos Coríntios (Bíblia).**

Monomaníacos: pessoas que sofrem de monomania, forma de loucura em que um único pensamento ou ideia absorve a mente do doente.

Bronco e vilão: ignorante e inculto.

Tropos: figuras de linguagem.

Recamos: enfeites.

Borlas de Cícero, Apuleio e Tertuliano: ornamentos, isto é, citações de Cícero (106-43 a.C.), Apuleio (125-180) e Tertuliano (155-220), escritores latinos famosos por sua eloquência.

Torre de Babel: segundo a Bíblia, no início dos tempos todos os homens falavam a mesma língua. Então, eles decidiram construir uma torre gigantesca para alcançar o céu. Deus puniu essa ambição desmedida fazendo com que os homens passassem a falar diferentes línguas, impossibilitando, assim, a comunicação entre eles e a construção da torre.

— Essa pode ser, com efeito, a explicação divina do fenômeno — concordou o alienista, depois de refletir um instante —, mas não é impossível que haja também alguma razão humana, e puramente científica, e disso trato...

— Vá que seja, e fico ansioso. Realmente!

Os loucos por amor eram três ou quatro, mas só dois espantavam pelo curioso do delírio. O primeiro, um Falcão, rapaz de vinte e cinco anos, supunha-se estrela-d'alva, abria os braços e alargava as pernas, para dar-lhes certa feição de raios, e ficava assim horas esquecidas a perguntar se o sol já tinha saído para ele recolher-se. O outro andava sempre, sempre, sempre, à roda das salas ou do pátio, ao longo dos corredores, à procura do fim do mundo. Era um desgraçado, a quem a mulher deixou por seguir um **peralvilho**. Mal descobrira a fuga, armou-se de uma garrucha, e saiu-lhes no encalço; achou-os duas horas depois, ao pé de uma lagoa, matou-os a ambos com os maiores requintes de crueldade.

O ciúme satisfez-se, mas o vingado estava louco. E então começou aquela ânsia de ir ao fim do mundo à cata dos fugitivos.

A mania das grandezas tinha exemplares notáveis. O mais notável era um pobre-diabo, filho de um **algibebe**, que narrava às paredes (porque não olhava nunca para nenhuma pessoa) toda a sua genealogia, que era esta:

— Deus **engendrou** um ovo, o ovo engendrou a espada, a espada engendrou Davi, Davi engendrou a púrpura, a púrpura engendrou o duque, o duque engendrou o marquês, o marquês engendrou o conde, que sou eu.

Dava uma pancada na testa, um estalo com os dedos, e repetia cinco, seis vezes seguidas:

— Deus engendrou um ovo, o ovo, etc.

Outro da mesma espécie era um escrivão, que **se vendia por** mordomo do rei; outro era um boiadeiro de Minas, cuja mania era distribuir boiadas a toda a gente,

Peralvilho: sujeito que chama a atenção por vestir-se com elegância extrema, até exagerada.

Algibebe: vendedor de roupas de tecido barato.

Engendrou: gerou.

Se vendia por: se considerava.

dava trezentas cabeças a um, seiscentas a outro, mil e duzentas a outro, e não acabava mais. Não falo dos casos de monomania religiosa; apenas citarei um sujeito que, chamando-se João de Deus, dizia agora ser o deus João, e prometia o reino dos céus a quem o adorasse, e as penas do inferno aos outros; e depois desse, o licenciado Garcia, que não dizia nada, porque imaginava que no dia em que chegasse a proferir uma só palavra, todas as estrelas se despegariam do céu e abrasariam a Terra; tal era o poder que recebera de Deus.

Assim o escrevia ele no papel que o alienista lhe mandava dar, menos por caridade do que por interesse científico.

Que, na verdade, a paciência do alienista era ainda mais extraordinária do que todas as manias hospedadas na Casa Verde; nada menos que assombrosa. Simão Bacamarte começou por organizar um pessoal de administração; e, aceitando essa ideia ao boticário Crispim Soares, aceitou-lhe também dois sobrinhos, a quem incumbiu da execução de um regimento que lhes deu, aprovado pela Câmara, da distribuição da comida e da roupa, e assim também na escrita, etc. Era o melhor que podia fazer, para somente cuidar do seu ofício.

— A Casa Verde — disse ele ao vigário — é agora uma espécie de mundo, em que há o governo temporal e o governo espiritual. E o Padre Lopes ria deste **pio trocado**, e acrescentava, com o único fim de dizer também uma **chalaça**: — Deixe estar, deixe estar, que hei de mandá-lo denunciar ao papa.

Uma vez desonerado da administração, o alienista procedeu a uma vasta classificação dos seus enfermos. Dividiu-os primeiramente em duas classes principais: os furiosos e os mansos; daí passou às subclasses, monomanias, delírios, alucinações diversas. Isto feito, começou um estudo **aturado** e contínuo; analisava os hábitos de cada louco, as horas de acesso, as aversões, as simpatias, as palavras, os gestos, as tendências; **inquiria** da vida dos enfermos, profissão, costumes, circunstân-

Pio: religioso.

Trocado: trocadilho.

Chalaça: brincadeira.

Aturado: esforçado, perseverante.

Inquiria: indagava, pesquisava.

cias da revelação **mórbida**, acidentes da infância e da mocidade, doenças de outra espécie, antecedentes na família, uma devassa, enfim, como a não faria o mais **atilado corregedor**. E cada dia notava uma observação nova, uma descoberta interessante, um fenômeno extraordinário. Ao mesmo tempo estudava o melhor regime, as substâncias medicamentosas, os meios curativos e os meios paliativos, não só os que vinham nos seus amados árabes, como os que ele mesmo descobria, à força de sagacidade e paciência. Ora, todo esse trabalho levava-lhe o melhor e o mais do tempo. Mal dormia e mal comia; e, ainda comendo, era como se trabalhasse, porque ora interrogava um texto antigo, ora **ruminava** uma questão, e ia muitas vezes **de um cabo a outro** do jantar sem dizer uma só palavra a D. Evarista.

3. Deus sabe o que faz!

A ilustre dama, no fim de dois meses, achou-se a mais desgraçada das mulheres; caiu em profunda melancolia, ficou amarela, magra, comia pouco e suspirava a cada canto. Não ousava fazer-lhe nenhuma queixa ou **reproche**, porque respeitava nele o seu marido e senhor, mas padecia calada, e **definhava** a olhos vistos. Um dia, ao jantar, como lhe perguntasse o marido o que é que tinha, respondeu tristemente que nada; depois atreveu-se um pouco, e foi ao ponto de dizer que se considerava tão viúva como dantes. E acrescentou:

— Quem diria nunca que meia dúzia de lunáticos...

Não acabou a frase; ou antes, acabou-a levantando os olhos ao teto — os olhos, que eram a sua feição mais insinuante —, negros, grandes, lavados de uma luz úmida, como os da aurora. Quanto ao gesto, era o mesmo que empregara no dia em que Simão Bacamarte a pediu em casamento. Não dizem as crônicas se D. Evarista **brandiu** aquela arma com o perverso intuito de degolar de uma vez a ciência, ou, pelo menos, decepar-lhe as

Mórbida: doentia.

Atilado: cuidadoso.

Corregedor: magistrado que fiscaliza a execução de justiça feita pelos juízes de uma certa região.

Ruminava: meditava.

De um cabo a outro: do início ao fim.

Reproche: censura.

Definhava: ficava cada vez mais fraca, abatida.

Brandiu: usou.

mãos; mas **a conjectura é verossímil**. Em todo caso, o alienista não lhe atribuiu outra intenção. E não se irritou o grande homem, não ficou sequer **consternado**. O metal de seus olhos não deixou de ser o mesmo metal, duro, liso, eterno, nem a menor **prega** veio quebrar a superfície da **fronte** quieta como a água de Botafogo. Talvez um sorriso lhe **descerrou** os lábios, por entre os quais filtrou esta palavra macia como o óleo do *Cântico**:

— Consinto que vás dar um passeio ao Rio de Janeiro.

D. Evarista sentiu faltar-lhe o chão debaixo dos pés. Nunca dos nuncas vira o Rio de Janeiro, que **posto** não fosse sequer uma pálida sombra do que hoje é, todavia era alguma coisa mais do que Itaguaí. Ver o Rio de Janeiro, para ela, equivalia ao sonho do hebreu cativo**. Agora, principalmente, que o marido assentara de vez naquela povoação interior, agora é que ela perdera as últimas esperanças de respirar os ares da nossa boa cidade; e justamente agora é que ele a convidava a realizar os seus desejos de menina e moça. D. Evarista não pôde **dissimular** o gosto de semelhante proposta. Simão Bacamarte pegou-lhe na mão e sorriu — um sorriso tanto ou quanto filosófico, além de conjugal, em que parecia traduzir-se este pensamento: "Não há remédio certo para as dores da alma; esta senhora definha, porque lhe parece que a não amo; dou-lhe o Rio de Janeiro, e consola-se". E porque era homem estudioso tomou nota da observação.

Mas um dardo atravessou o coração de D. Evarista. Conteve-se, entretanto; limitou-se a dizer ao marido, que, se ele não ia, ela não iria também, porque não havia de meter-se sozinha pelas estradas.

— Irá com sua tia — redarguiu o alienista.

Note-se que D. Evarista tinha pensado nisso mesmo; mas não quisera pedi-lo nem insinuá-lo, em primeiro lugar porque seria impor grandes despesas ao marido, em segundo lugar porque era melhor, mais metódico e racional que a proposta viesse dele.

A conjectura é verossímil: a hipótese pode ser verdadeira.

Consternado: triste.

Prega: ruga.

Fronte: testa.

Descerrou: abriu.

* Referência irônica aos *Cânticos*, poemas de amor que estão na Bíblia e são atribuídos a Salomão, rei de Israel por volta do século X a.C. O texto machadiano refere-se aos seguintes versos: "Teus amores são melhores do que o vinho, / o odor dos teus perfumes é suave, / teu nome é como um óleo escorrendo, / e as donzelas se enamoram de ti."

Posto: embora.

** Conforme o relato bíblico, o grande sonho dos hebreus cativos na Babilônia era voltar a Jerusalém, de onde tinham sido expulsos. Itaguaí, para D. Evarista, era o exílio. O Rio de Janeiro era sua Jerusalém.

Dissimular: disfarçar.

— Oh! mas o dinheiro que será preciso gastar! — suspirou D. Evarista sem convicção.

— Que importa? Temos ganho muito — disse o marido. — Ainda ontem o escriturário prestou-me contas. Queres ver?

E levou-a aos livros. D. Evarista ficou deslumbrada. Era uma via-láctea de algarismos. E depois levou-a às arcas, onde estava o dinheiro.

Deus! eram montes de ouro, eram mil cruzados sobre mil cruzados, dobrões sobre dobrões; era a opulência.

Enquanto ela comia o ouro com os seus olhos negros, o alienista fitava-a, e dizia-lhe ao ouvido com a mais **pérfida** das **alusões**:

— Quem diria que meia dúzia de lunáticos...

D. Evarista compreendeu, sorriu e respondeu com muita resignação:

— Deus sabe o que faz!

Três meses depois efetuava-se a jornada. D. Evarista, a tia, a mulher do boticário, um sobrinho deste, um padre que o alienista conhecera em Lisboa, e que **de aventura** achava-se em Itaguaí, cinco ou seis pajens, quatro **mucamas**, tal foi a comitiva que a população viu dali sair em certa manhã do mês de maio. As despedidas foram tristes para todos, menos para o alienista. Conquanto as lágrimas de D. Evarista fossem abundantes e sinceras, não chegaram a abalá-lo. Homem de ciência, e só de ciência, nada o consternava fora da ciência; e se alguma coisa o preocupava naquela ocasião, se ele deixava correr pela multidão um olhar inquieto e policial, não era outra coisa mais do que a ideia de que algum demente podia achar-se ali misturado com a gente de juízo.

— Adeus! — soluçaram enfim as damas e o boticário.

E partiu a comitiva. Crispim Soares, ao tornar a casa, trazia os olhos entre as duas orelhas da **besta ruana** em que vinha montado; Simão Bacamarte alongava os seus pelo horizonte adiante, deixando ao cavalo a responsa-

Pérfida: traiçoeira.

Alusões: referências.

De aventura: por acaso.

Mucamas: escravas domésticas.

Besta: cavalo.

Ruana: de pelo branco e crinas amarelas.

bilidade do regresso. Imagem vivaz do gênio e do vulgo! Um fita o presente, com todas as suas lágrimas e saudades, outro devassa o futuro com todas as suas auroras.

4. Uma teoria nova

Ao passo que D. Evarista, em lágrimas, vinha buscando o Rio de Janeiro, Simão Bacamarte estudava por todos os lados uma certa ideia arrojada e nova, própria a alargar as bases da psicologia. Todo o tempo que lhe sobrava dos cuidados da Casa Verde, era pouco para andar na rua, ou de casa em casa, conversando as gentes, sobre trinta mil assuntos, e **virgulando as falas** de um olhar que metia medo aos mais heroicos.

Um dia de manhã — eram passadas três semanas —, estando Crispim Soares ocupado em temperar um medicamento, vieram dizer-lhe que o alienista o mandava chamar.

— Trata-se de negócio importante, segundo ele me disse — acrescentou o portador.

Crispim empalideceu. Que negócio importante podia ser, se não alguma triste notícia da comitiva, e especialmente da mulher? Porque este tópico deve ficar claramente definido, visto insistirem nele os cronistas: Crispim amava a mulher, e, desde trinta anos, nunca estiveram separados um só dia. Assim se explicam os monólogos que ele fazia agora, e que os **fâmulos** lhe ouviam muita vez: — "Anda, bem feito, quem te mandou consentir na viagem de Cesária? Bajulador, **torpe** bajulador! Só para adular ao Dr. Bacamarte. Pois agora aguenta-te; anda, aguenta-te, alma de lacaio, fracalhão, vil, miserável. Dizes *amém* a tudo, não é? aí tens o lucro, **biltre**!" — E muitos outros nomes feios, que um homem não deve dizer aos outros, quanto mais a si mesmo. Daqui a imaginar o efeito do recado é um nada. Tão depressa ele o recebeu como abriu mão das drogas e voou à Casa Verde.

Virgulando as falas: pausando as falas. O alienista, enquanto conversa, observa as pessoas. Por isso, todos começam a ficar com medo dele.

Fâmulos: criados.

Torpe: infame.

Biltre: canalha.

Simão Bacamarte recebeu-o com a alegria própria de um sábio, uma alegria abotoada de **circunspecção** até o pescoço.

— Estou muito contente — disse ele.

— Notícias do nosso povo? — perguntou o boticário com a voz trêmula.

O alienista fez um gesto magnífico, e respondeu:

— Trata-se de coisa mais alta, trata-se de uma experiência científica. Digo experiência, porque não me atrevo a assegurar desde já a minha ideia; nem a ciência é outra coisa, Sr. Soares, senão uma investigação constante. Trata-se, pois, de uma experiência, mas uma experiência que vai mudar a face da Terra. A loucura, objeto dos meus estudos, era até agora uma ilha perdida no oceano da razão; começo a suspeitar que é um continente.

Disse isto, e calou-se, para **ruminar o pasmo** do boticário. Depois explicou compridamente a sua ideia. No conceito dele a **insânia** abrangia uma vasta superfície de cérebros; e desenvolveu isto com grande **cópia** de raciocínios, de textos, de exemplos. Os exemplos, achou-os na história e em Itaguaí; mas, como um raro espírito que era, reconheceu o perigo de citar todos os casos de Itaguaí, e refugiou-se na história. Assim, apontou com especialidade alguns personagens célebres, Sócrates, que tinha um demônio familiar, Pascal, que via um abismo à esquerda, Maomé, Caracala, Domiciano, Calígula*, etc., uma enfiada de casos e pessoas, em que de mistura vinham entidades odiosas, e entidades ridículas. E porque o boticário se admirasse de uma tal **promiscuidade**, o alienista disse-lhe que era tudo a mesma coisa, e até acrescentou sentenciosamente:

— A ferocidade, Sr. Soares, é o grotesco a sério.

— Gracioso, muito gracioso! — exclamou Crispim Soares levantando as mãos ao céu.

Quanto à ideia de ampliar o território da loucura, achou-a o boticário extravagante; mas a modéstia, principal adorno de seu espírito, não lhe sofreu confessar

Circunspecção: seriedade.

Ruminar o pasmo: observar o espanto.

Insânia: loucura.

Cópia: quantidade.

* Referência a famosos personagens da história: Caracala, Domiciano e Calígula foram imperadores romanos. Pascal foi um filósofo francês. Sócrates, um filósofo grego. E Maomé foi o profeta fundador do islamismo.

Promiscuidade: mistura.

outra coisa além de um nobre entusiasmo; declarou-a sublime e verdadeira, e acrescentou que era "caso de **matraca**". Esta expressão não tem equivalente no estilo moderno. Naquele tempo, Itaguaí, que como as demais vilas, arraiais e povoações da colônia, não dispunha de imprensa, tinha dois modos de divulgar uma notícia: ou por meio de cartazes manuscritos e pregados na porta da Câmara e da matriz; — ou por meio de matraca.

Eis em que consistia este segundo uso. Contratava-se um homem, por um ou mais dias, para andar as ruas do povoado, com uma matraca na mão.

De quando em quando tocava a matraca, reunia-se gente, e ele anunciava o que lhe incumbiam — um remédio para **sezões**, umas terras **lavradias**, um soneto, um donativo eclesiástico, a melhor tesoura da vila, o mais belo discurso do ano, etc. O sistema tinha inconvenientes para a paz pública; mas era conservado pela grande energia de divulgação que possuía. Por exemplo, um dos vereadores — aquele justamente que mais se opusera à criação da Casa Verde — desfrutava a reputação de perfeito educador de cobras e macacos, e aliás nunca domesticara um só desses bichos; mas, tinha o cuidado de fazer trabalhar a matraca todos os meses. E dizem as crônicas que algumas pessoas afirmavam ter visto cascavéis dançando no peito do vereador; afirmação perfeitamente falsa, mas só devida à absoluta confiança no sistema. Verdade, verdade, nem todas as instituições do antigo regime mereciam o desprezo do nosso século.

— Há melhor do que anunciar a minha ideia, é praticá-la — respondeu o alienista à insinuação do boticário.

E o boticário, não divergindo sensivelmente deste modo de ver, disse-lhe que sim, que era melhor começar pela execução.

— Sempre haverá tempo de a dar à matraca — concluiu ele.

Simão Bacamarte refletiu ainda um instante, e disse:

Matraca: peça de madeira com uma plaqueta de argola que, ao ser agitada, provoca grande barulho.

Sezões: febres.

Lavradias: boas para a lavoura.

— Supondo o espírito humano uma vasta concha, o meu fim, Sr. Soares, é ver se posso extrair a pérola, que é a razão; por outros termos, demarquemos definitivamente os limites da razão e da loucura. A razão é o perfeito equilíbrio de todas as faculdades; fora daí insânia, insânia, e só insânia.

O vigário Lopes, a quem ele confiou a nova teoria, declarou **lisamente** que não chegava a entendê-la, que era uma obra absurda, e, se não era absurda, era de tal modo colossal que não merecia princípio de execução.

— Com a definição atual, que é a de todos os tempos — acrescentou —, a loucura e a razão estão perfeitamente delimitadas. Sabe-se onde uma acaba e onde a outra começa. Para que transpor a cerca?

Sobre o lábio fino e discreto do alienista roçou a vaga sombra de uma intenção de riso, em que o desdém vinha casado à **comiseração**; mas nenhuma palavra saiu de suas **egrégias** entranhas.

A ciência contentou-se em estender a mão à teologia — com tal segurança, que a teologia não soube enfim se devia crer em si ou na outra. Itaguaí e o universo ficavam à beira de uma revolução.

5. O terror

Quatro dias depois, a população de Itaguaí ouviu consternada a notícia de que um certo Costa fora recolhido à Casa Verde.

— Impossível!

— Qual impossível! foi recolhido hoje de manhã.

— Mas, na verdade, ele não merecia... Ainda em cima! depois de tanto que ele fez...

Costa era um dos cidadãos mais estimados de Itaguaí. Herdara quatrocentos mil cruzados em boa moeda de el-rei D. João V, dinheiro cuja renda bastava, segundo lhe declarou o tio no testamento, para viver "até o fim do mundo". Tão depressa recolheu a herança, como entrou

Lisamente: claramente.

Comiseração: pena.

Egrégias: distintas, nobres.

a dividi-la em empréstimos, **sem usura**, mil cruzados a um, dois mil a outro, trezentos a este, oitocentos àquele, a tal ponto que, no fim de cinco anos, estava sem nada. Se a miséria viesse **de chofre**, o pasmo de Itaguaí seria enorme; mas veio devagar; ele foi passando da opulência à abastança, da abastança à mediania, da mediania à pobreza, da pobreza à miséria, gradualmente. Ao cabo daqueles cinco anos, pessoas que **levavam o chapéu ao chão**, logo que ele **assomava** no fim da rua, agora batiam-lhe no ombro, com intimidade, davam-lhe **piparotes** no nariz, diziam-lhe **pulhas**. E o Costa sempre **lhano**, risonho. **Nem se lhe dava** de ver que os menos corteses eram justamente os que tinham ainda a dívida em aberto; ao contrário, parece que os agasalhava com maior prazer, e mais sublime resignação. Um dia, como um desses incuráveis devedores lhe atirasse uma **chalaça grossa**, e ele se risse dela, observou um **desafeiçoado**, com certa **perfídia**: — "Você suporta esse sujeito para ver se ele lhe paga". Costa não se deteve um minuto, foi ao devedor e perdoou-lhe a dívida. — "Não admira, retorquiu o outro; o Costa abriu mão de uma estrela, que está no céu*". Costa era perspicaz, entendeu que ele negava todo o merecimento ao ato, atribuindo-lhe a intenção de rejeitar o que não vinham meter-lhe na **algibeira**. Era também **pundonoroso** e inventivo; duas horas depois achou um meio de provar que lhe não cabia um tal **labéu**: pegou de algumas dobras, e mandou-as de empréstimo ao devedor.

"Agora espero que...", pensou ele sem concluir a frase.

Esse último **rasgo** do Costa persuadiu a crédulos e incrédulos; ninguém mais pôs em dúvida os sentimentos cavalheirescos daquele digno cidadão. As necessidades mais acanhadas saíram à rua, vieram bater-lhe à porta, com os seus chinelos velhos, com as suas capas remendadas. Um verme, entretanto, roía a alma do Costa: era o conceito do desafeto. Mas isso mesmo acabou; três meses depois veio este pedir-lhe uns cento e vinte cruzados com promessa de restituir-lhos daí a dois dias;

Sem usura: sem cobrar juros.

De chofre: de repente.

Levavam o chapéu ao chão: se curvavam ao cumprimentá-lo.

Assomava: aparecia.

Piparotes: pancadinhas com a ponta do dedo, geralmente na face de alguém, com tom de brincadeira.

Pulhas: gracejos humilhantes.

Lhano: gentil, educado.

Nem se lhe dava: nem se incomodava.

Chalaça grossa: brincadeira pesada, ofensiva.

Desafeiçoado: que não gostava dele (do Costa).

Perfídia: nessa passagem, tem o sentido de "malícia ofensiva".

* Isto é, abriu mão de algo que não era possível obter, já que o outro nunca iria pagar a dívida.

Algibeira: bolso.

Pundonoroso: honrado.

Labéu: acusação desonrosa.

Rasgo: ação nobre, gesto, ato.

era o resíduo da grande herança, mas era também uma nobre desforra: Costa emprestou o dinheiro logo, logo, e sem juros. Infelizmente não teve tempo de ser pago; cinco meses depois era recolhido à Casa Verde.

Imagina-se a consternação de Itaguaí, quando soube do caso. Não se falou em outra coisa, dizia-se que o Costa ensandecera, no almoço, outros que de madrugada; e contavam-se os acessos, que eram furiosos, sombrios, terríveis — ou mansos, e até engraçados, conforme as versões. Muita gente correu à Casa Verde, e achou o pobre Costa tranquilo, um pouco espantado, falando com muita clareza, e perguntando por que motivo o tinham levado para ali. Alguns foram ter com o alienista. Bacamarte aprovava esses sentimentos de estima e compaixão, mas acrescentava que a ciência era a ciência, e que ele não podia deixar na rua um mentecapto. A última pessoa que intercedeu por ele (porque depois do que vou contar ninguém mais se atreveu a procurar o terrível médico) foi uma pobre senhora, prima do Costa. O alienista disse-lhe confidencialmente que esse digno homem não estava no perfeito equilíbrio das faculdades mentais, **à vista do modo** como **dissipara os cabedais** que...

— Isso, não! Isso não! — interrompeu a boa senhora com energia. — Se ele gastou tão depressa o que recebeu, a culpa não é dele.

— Não?

— Não, senhor. Eu lhe digo como o negócio se passou. O defunto meu tio não era mau homem; mas quando estava furioso era capaz de nem tirar o chapéu ao Santíssimo. Ora, um dia, pouco tempo antes de morrer, descobriu que um escravo lhe roubara um boi; imagine como ficou.

"A cara era um pimentão; todo ele tremia, a boca **escumava**; lembra-me como se fosse hoje. Então um homem feio, cabeludo, em mangas de camisa, chegou-se a ele e pediu água. Meu tio (Deus lhe fale n'alma!) respondeu que fosse beber ao rio ou ao inferno. O ho-

À vista do modo: do jeito.

Dissipara os cabedais: desperdiçara a fortuna.

Escumava: espumava.

mem olhou para ele, abriu a mão em ar de ameaça, e rogou esta praga: — 'Todo o seu dinheiro não há de durar mais de sete anos e um dia, tão certo como isto ser o ***sino-salamão***!' E mostrou o *sino-salamão* impresso no braço. Foi isto, meu senhor; foi esta praga daquele maldito."

Bacamarte espetara na pobre senhora um par de olhos agudos como punhais. Quando ela acabou, estendeu-lhe a mão polidamente, como se o fizesse à própria esposa do vice-rei e convidou-a a ir falar ao primo. A **mísera** acreditou; ele levou-a à Casa Verde e encerrou-a na galeria dos alucinados.

A notícia desta **aleivosia** do ilustre Bacamarte lançou o terror à alma da população. Ninguém queria acabar de crer, que, sem motivo, sem inimizade, o alienista trancasse na Casa Verde uma senhora perfeitamente ajuizada, que não tinha outro crime senão o de interceder por um infeliz. Comentava-se o caso nas esquinas, nos barbeiros; edificou-se um romance, umas **finezas namoradas** que o alienista outrora dirigira à prima do Costa, a indignação do Costa e o desprezo da prima. E daí a vingança. Era claro. Mas a austeridade do alienista, a vida de estudos que ele levava, pareciam desmentir uma tal hipótese. Histórias! Tudo isso era naturalmente a capa do velhaco. E um dos mais crédulos chegou a murmurar que sabia de outras coisas, não as dizia, por não ter certeza plena, mas sabia, quase que podia jurar.

— Você, que é íntimo dele, não nos podia dizer o que há, o que houve, que motivo...

Crispim Soares derretia-se todo. Esse interrogar da gente inquieta e curiosa, dos amigos **atônitos**, era para ele uma consagração pública. Não havia duvidar; toda a povoação sabia enfim que o **privado** do alienista era ele, Crispim, o boticário, o colaborador do grande Homem e das grandes coisas; daí a corrida à botica. Tudo isso dizia o carão **jucundo** e o riso discreto do boticário, o riso e o silêncio, porque ele não respondia nada; um, dois, três monossílabos, quando muito, soltos, secos,

Sino-salamão: **símbolo judaico (signo de salomão, estrela de davi).**

Mísera: infeliz.

Aleivosia: traição.

Finezas namoradas: atenções apaixonadas.

Atônitos: espantados.

Privado: nesta passagem, tem o sentido de protegido, amigo especial.

Jucundo: alegre.

encapados no fiel sorriso, constante e miúdo, cheio de mistérios científicos, que ele não podia, sem **desdouro** nem perigo desvendar a nenhuma pessoa humana.

"Há coisa", pensavam os mais desconfiados.

Um desses limitou-se a pensá-lo, deu de ombros e foi embora. Tinha negócios pessoais. Acabava de construir uma casa suntuosa. Só a casa bastava para deter e chamar toda a gente; mas havia mais — a mobília, que ele mandara vir da Hungria e da Holanda, segundo contava, e que se podia ver do lado de fora, porque as janelas viviam abertas — e o jardim, que era uma obra-prima de arte e de gosto. Esse homem, que enriquecera no fabrico de **albardas**, tinha tido sempre o sonho de uma casa magnífica, jardim pomposo, mobília rara. Não deixou o negócio das albardas, mas repousava dele na contemplação da casa nova, a primeira de Itaguaí, mais grandiosa do que a Casa Verde, mais nobre do que a da Câmara. Entre a gente ilustre da povoação havia choro e ranger de dentes, quando se pensava, ou se falava, ou se louvava a casa do albardeiro — um simples albardeiro, Deus do céu!

— Lá está ele **embasbacado** — diziam os transeuntes, de manhã.

De manhã, com efeito, era costume do Mateus estatelar-se, no meio do jardim, com os olhos na casa, namorado, durante uma longa hora, até que vinham chamá-lo para almoçar. Os vizinhos, embora o cumprimentassem com certo respeito, riam-se por trás dele, que era um gosto. Um desses chegou a dizer que o Mateus seria muito mais econômico, e estaria riquíssimo, se fabricasse as albardas para si mesmo; **epigrama ininteligível**, mas que fazia **rir às bandeiras despregadas**.

— Agora lá está o Mateus a ser contemplado — diziam à tarde.

A razão deste outro dito era que, de tarde, quando as famílias saíam a passeio (jantavam cedo) usava o Mateus postar-se à janela, bem no centro, vistoso, sobre um fundo escuro, trajado de branco, atitude senhoril, e

Desdouro: desonra.

Albardas: sela grosseira que se coloca no lombo dos animais de carga.

Embasbacado: boquiaberto de espanto ou admiração.

Epigrama ininteligível: dito incompreensível.

Rir às bandeiras despregadas: rir muito.

assim ficava duas e três horas até que anoitecia de todo. Pode crer-se que a intenção do Mateus era ser admirado e invejado, posto que ele não a confessasse a nenhuma pessoa, nem ao boticário, nem ao Padre Lopes, seus grandes amigos. E entretanto não foi outra a alegação do boticário, quando o alienista lhe disse que o albardeiro talvez padecesse do amor das pedras, mania que ele Bacamarte descobrira e estudava desde algum tempo. Aquilo de contemplar a casa...

— Não, senhor — acudiu vivamente Crispim Soares.

— Não?

— Há de perdoar-me, mas talvez não saiba que ele de manhã examina a obra, não a admira; de tarde, são os outros que o admiram a ele e à obra. — E contou o uso do albardeiro, todas as tardes, desde cedo até o cair da noite.

Uma volúpia científica alumiou os olhos de Simão Bacamarte. Ou ele não conhecia todos os costumes do albardeiro, ou nada mais quis, interrogando o Crispim, do que confirmar alguma notícia incerta ou suspeita vaga. A explicação **satisfê-lo**; mas como tinha as alegrias próprias de um sábio, concentradas, nada viu o boticário que fizesse suspeitar uma intenção sinistra. Ao contrário, era de tarde, e o alienista pediu-lhe o braço para irem a passeio. Deus! era a primeira vez que Simão Bacamarte dava ao seu privado tamanha honra; Crispim ficou trêmulo, atarantado, disse que sim, que estava pronto. Chegaram duas ou três pessoas de fora, Crispim mandou-as mentalmente a todos os diabos; não só atrasavam o passeio, como podia acontecer que Bacamarte elegesse alguma delas, para acompanhá-lo, e o dispensasse a ele. Que impaciência! que aflição! Enfim, saíram. O alienista guiou para os lados da casa do albardeiro, viu-o à janela, passou cinco, seis vezes por diante, devagar, parando, examinando as atitudes, a expressão do rosto. O pobre Mateus, apenas notou que era objeto da curiosidade ou admiração do primeiro vulto de Itaguaí, redobrou de expressão, deu outro relevo às

Satisfê-lo: deixou-o satisfeito.

atitudes... Triste! triste! não fez mais do que condenar--se; no dia seguinte, foi recolhido à Casa Verde.

— A Casa Verde é um cárcere **privado** — disse um médico em clínica.

Nunca uma opinião pegou e **grassou** tão rapidamente. Cárcere privado: eis o que se repetia de norte a sul e de leste a oeste de Itaguaí — **a medo**, é verdade, porque durante a semana que se seguiu à captura do pobre Mateus, vinte e tantas pessoas — duas ou três de consideração — foram recolhidas à Casa Verde. O alienista dizia que só eram admitidos os casos **patológicos**, mas pouca gente lhe dava crédito. Sucediam-se as versões populares. Vingança, cobiça de dinheiro, castigo de Deus, monomania do próprio médico, plano secreto do Rio de Janeiro com o fim de destruir em Itaguaí qualquer germe de prosperidade que viesse a brotar, arvorecer, florir, com desdouro e míngua daquela cidade, mil outras explicações, que não explicavam nada, tal era o produto diário da imaginação pública.

Nisto chegou do Rio de Janeiro a esposa do alienista, a tia, a mulher do Crispim Soares, e toda a mais comitiva — ou quase toda — que algumas semanas antes partira de Itaguaí. O alienista foi recebê-la, com o boticário, o Padre Lopes, os vereadores e vários outros magistrados. O momento em que D. Evarista pôs os olhos na pessoa do marido é considerado pelos cronistas do tempo como um dos mais sublimes da história moral dos homens, e isto pelo contraste das duas naturezas, ambas extremas, ambas egrégias. D. Evarista soltou um grito, balbuciou uma palavra, e atirou-se ao consorte, de um gesto que não se pode melhor definir do que comparando-o a uma mistura de onça e rola. Não assim o ilustre Bacamarte; frio como um diagnóstico, sem **desengonçar** por um instante a rigidez científica, estendeu os braços à dona, que caiu neles, e desmaiou. Curto incidente; ao cabo de dois minutos, D. Evarista recebia os cumprimentos dos amigos, e o **préstito** punha-se em marcha.

Privado: nesta passagem, tem o sentido de particular.

Grassou: espalhou-se.

A medo: medrosamente, timidamente.

Patológicos: doentios.

Desengonçar: relaxar.

Préstito: cortejo.

D. Evarista era a esperança de Itaguaí; contava-se com ela para minorar o flagelo da Casa Verde. Daí as aclamações públicas, a imensa gente que atulhava as ruas, as flâmulas, as flores e **damascos** às janelas. Com o braço apoiado no do Padre Lopes — porque o eminente Bacamarte confiara a mulher ao vigário, e acompanhava-os a passo meditativo —, D. Evarista voltava a cabeça a um lado e outro, curiosa, inquieta, petulante. O vigário indagava do Rio de Janeiro, que ele não vira desde o vice-reinado anterior; e D. Evarista respondia, entusiasmada, que era a coisa mais bela que podia haver no mundo. O Passeio Público estava acabado, um paraíso, onde ela fora muitas vezes, e a Rua das Belas Noites, o chafariz das Marrecas... Ah! o chafariz das Marrecas! Eram mesmo marrecas — feitas de metal e despejando água pela boca fora. Uma coisa galantíssima. O vigário dizia que sim, que o Rio de Janeiro devia estar agora muito mais bonito. Se já o era noutro tempo! Não admira, maior do que Itaguaí, e de mais a mais sede do governo... Mas não se pode dizer que Itaguaí fosse feio; tinha belas casas, a casa do Mateus, a Casa Verde...

— A propósito de Casa Verde — disse o Padre Lopes escorregando habilmente para o assunto da ocasião —, a senhora vem achá-la muito cheia de gente.

— Sim?

— É verdade. Lá está o Mateus...

— O albardeiro?

— O albardeiro; está o Costa, a prima do Costa, e Fulano, e Sicrano, e...

— Tudo isso doido?

— Ou quase doido — **obtemperou** o padre.

— Mas então?

O vigário **derreou** os cantos da boca, à maneira de quem não sabe nada, ou não quer dizer tudo; resposta vaga, que se não pode repetir a outra pessoa, **por falta de texto**. D. Evarista achou realmente extraordinário que toda aquela gente ensandecesse; um ou outro, vá; mas todos? Entretanto, custava-lhe duvidar; o marido

Damascos: tecidos de seda expostos nas janelas como ornamentos.

Obtemperou: respondeu.

Derreou: baixou.

Por falta de texto: isto é, por falta de palavras.

era um sábio, não recolheria ninguém à Casa Verde sem prova evidente de loucura.

— Sem dúvida... sem dúvida... — ia **pontuando** o vigário.

Três horas depois, cerca de cinquenta convivas sentavam-se em volta da mesa de Simão Bacamarte; era o jantar das boas-vindas. D. Evarista foi o assunto obrigado dos brindes, discursos, versos de toda a **casta**, metáforas, amplificações, **apólogos**. Ela era a esposa do novo **Hipócrates**, a musa da ciência, anjo, divina, aurora, caridade, vida, consolação; trazia nos olhos duas estrelas, segundo a versão modesta de Crispim Soares, e dois sóis, no conceito de um vereador. O alienista ouvia essas coisas um tanto **enfastiado**, mas sem visível impaciência. Quando muito dizia ao ouvido da mulher que a retórica permitia tais arrojos sem significação. D. Evarista fazia esforços para aderir a esta opinião do marido; mas, ainda descontando três quartas partes das **louvaminhas**, ficava muito com que **enfunar-lhe a alma**. Um dos oradores, por exemplo, Martim Brito, rapaz de vinte e cinco anos, **pintalegrete** acabado, curtido de namoros e aventuras, declamou um discurso em que o nascimento de D. Evarista era explicado pelo mais singular dos **reptos**. "Deus, disse ele, depois de dar ao universo o homem e a mulher, esse diamante e essa pérola da coroa divina (e o orador arrastava triunfalmente esta frase de uma ponta a outra da mesa) Deus quis vencer a Deus, e criou D. Evarista."

D. Evarista baixou os olhos com exemplar modéstia. Duas senhoras, achando a **cortesanice** excessiva e audaciosa, interrogaram os olhos do dono da casa; e, na verdade, o gesto do alienista pareceu-lhes nublado de suspeitas, de ameaças, e, provavelmente, de sangue. O atrevimento foi grande, pensaram as duas damas. E uma e outra pediam a Deus que removesse qualquer episódio trágico — ou que o adiasse, ao menos, para o dia seguinte. Sim, que o adiasse. Uma delas, a mais piedosa, chegou a admitir, consigo mesma, que D. Evarista

Pontuando: concordando.

Casta: espécie.

Apólogos: fábulas, breves histórias de fundo moral.

Hipócrates (460-377 a.C.): famoso médico grego, considerado o pai da medicina.

Enfastiado: entediado.

Louvaminhas: lisonjas, elogios.

Enfunar-lhe a alma: encher a alma de vaidade.

Pintalegrete: almofadinha, sujeito metido a elegante e conquistador.

Reptos: ousadias, provocações.

Cortesanice: cortesia fingida.

não merecia nenhuma desconfiança, tão longe estava de ser atraente ou bonita. Uma simples água-morna. Verdade é que, se todos os gostos fossem iguais, o que seria do amarelo? Esta ideia fê-la tremer outra vez, embora menos; menos, porque o alienista sorria agora para o Martim Brito, e, levantados todos, foi ter com ele e falou-lhe do discurso. Não lhe negou que era um improviso brilhante, cheio de rasgos magníficos. Seria dele mesmo a ideia relativa ao nascimento de D. Evarista, ou tê-la-ia encontrado em algum autor que?... Não senhor; era dele mesmo; achou-a naquela ocasião e parecera-lhe adequada a um **arroubo** oratório. De resto, suas ideias eram antes arrojadas do que ternas ou jocosas. Dava para o épico. Uma vez, por exemplo, compôs uma ode à queda do Marquês de Pombal, em que dizia que esse ministro era o "dragão aspérrimo do Nada", esmagado pelas "garras vingadoras do Todo", e assim outras, mais ou menos fora do comum; gostava das ideias sublimes e raras, das imagens grandes e nobres...

"Pobre moço!", pensou o alienista. E continuou consigo: "Trata-se de um caso de lesão cerebral; fenômeno sem gravidade, mas digno de estudo..."

D. Evarista ficou estupefata quando soube, três dias depois, que o Martim Brito fora alojado na Casa Verde. Um moço que tinha ideias tão bonitas! As duas senhoras atribuíram o ato a ciúmes do alienista. Não podia ser outra coisa; realmente, a declaração do moço fora audaciosa demais.

Ciúmes? Mas como explicar que, logo em seguida, fossem recolhidos José Borges do Couto Leme, pessoa estimável, o Chico das Cambraias, **folgazão emérito**, o escrivão Fabrício, e ainda outros? O terror acentuou-se. Não se sabia já quem estava são, nem quem estava doido. As mulheres, quando os maridos saíam, mandavam acender uma lamparina a Nossa Senhora; e nem todos os maridos eram valorosos, alguns não andavam fora sem um ou dois capangas. Positivamente o terror. Quem podia, emigrava. Um desses fugitivos chegou a ser preso

Arroubo: impulso.

Folgazão: brincalhão.

Emérito: experiente.

a duzentos passos da vila. Era um rapaz de trinta anos, amável, conversado, polido, tão polido que não cumprimentava alguém sem levar o chapéu ao chão; na rua, acontecia-lhe correr uma distância de dez a vinte braças para ir apertar a mão a um homem grave, a uma senhora, às vezes a um menino, como acontecera ao filho do juiz de fora. Tinha a vocação das cortesias. De resto, devia as boas relações da sociedade, não só aos dotes pessoais, que eram raros, como à nobre **tenacidade** com que nunca desanimava diante de uma, duas, quatro, seis recusas, caras feias, etc. O que acontecia era que, uma vez entrado numa casa, não a deixava mais, nem os da casa o deixavam a ele, tão gracioso era o Gil Bernardes. Pois o Gil Bernardes, apesar de se saber estimado, teve medo quando lhe disseram um dia que o alienista o trazia de olho; na madrugada seguinte fugiu da vila, mas foi logo apanhado e conduzido à Casa Verde.

— Devemos acabar com isto!

— Não pode continuar!

— Abaixo a tirania!

— Déspota! violento! Golias!

Não eram gritos na rua, eram suspiros em casa, mas não tardava a hora dos gritos. O terror crescia; avizinhava-se a rebelião. A ideia de uma petição ao governo para que Simão Bacamarte fosse capturado e deportado andou por algumas cabeças, antes que o barbeiro Porfírio a **expendesse** na loja, com grandes gestos de indignação. Note-se — e essa é uma das laudas mais puras desta sombria história —, note-se que o Porfírio, desde que a Casa Verde começava a povoar-se tão extraordinariamente, viu crescerem-lhe os lucros pela aplicação assídua de sanguessugas que dali lhe pediam; mas o interesse particular, dizia ele, deve ceder ao interesse público. E acrescentava: — é preciso derrubar o tirano! Note-se mais que ele soltou esse grito justamente no dia em que Simão Bacamarte fizera recolher à Casa Verde um homem que trazia com ele uma demanda, o Coelho.

Tenacidade: persistência.

Expendesse: expusesse, expressasse.

— Não me dirão em que é que o Coelho é doido? — bradou o Porfírio.

E ninguém lhe respondia; todos repetiam que era um homem perfeitamente ajuizado. A mesma demanda que ele trazia com o barbeiro, acerca de uns chãos da vila, era filha da obscuridade de um alvará, e não da cobiça ou ódio. Um excelente caráter o Coelho. Os únicos desafeiçoados que tinha eram alguns sujeitos que, dizendo-se **taciturnos**, ou alegando andar com pressa, mal o viam de longe dobravam as esquinas, entravam nas lojas, etc. Na verdade, ele amava a boa palestra, a palestra comprida, **gostada a sorvos largos**, e assim é que nunca estava só, preferindo os que sabiam dizer duas palavras, mas não desdenhando os outros. O Padre Lopes, que cultivava o Dante, e era inimigo do Coelho, nunca o via desligar-se de uma pessoa que não declamasse e emendasse este trecho:

La bocca sollevò dal fero pasto
Quel "seccatore"... *

mas uns sabiam do ódio do padre, e outros pensavam que isto era uma oração em latim.

6. A rebelião

Cerca de trinta pessoas ligaram-se ao barbeiro, redigiram e levaram uma representação à Câmara.

A Câmara recusou aceitá-la, declarando que a Casa Verde era uma instituição pública, e que a ciência não podia ser emendada por votação administrativa, menos ainda por movimentos de rua.

— Voltai ao trabalho — concluiu o presidente —, é o conselho que vos damos.

A irritação dos agitadores foi enorme. O barbeiro declarou que iam dali levantar a bandeira da rebelião, e destruir a Casa Verde; que Itaguaí não podia continuar

Taciturnos: introvertidos, que falam pouco.

Gostada a sorvos largos: saboreada sem pressa.

*** Citação alterada de dois versos da obra *A Divina Comédia*, do poeta italiano Dante Alighieri (1265-1321). O original é *La bocca sollevò dal fero pasto / Quel peccatore* ("A boca ergueu do fero pasto / aquele pecador"): referência a uma personagem que sofre no inferno a condenação de comer eternamente a nuca de um inimigo. O padre Lopes faz um trocadilho substituindo *peccatore* por *seccatore*, que quer dizer "chato, importuno", pois Coelho, quando começava a conversar, se esquecia do tempo...**

a servir de cadáver aos estudos e experiências de um déspota; que muitas pessoas estimáveis, algumas distintas, outras humildes mas dignas de apreço, jaziam nos cubículos da Casa Verde; que o despotismo científico do alienista complicava-se do espírito de ganância, visto que os loucos, ou supostos tais, não eram tratados de graça: as famílias, e em falta delas a Câmara, pagavam ao alienista...

— É falso — interrompeu o presidente.

— Falso?

— Há cerca de duas semanas recebemos um ofício do ilustre médico, em que nos declara que, tratando de fazer experiências de alto valor psicológico, desiste do **estipêndio** votado pela Câmara, bem como nada receberá das famílias dos enfermos.

A notícia deste ato tão nobre, tão puro, suspendeu um pouco a alma dos rebeldes. Seguramente o alienista podia estar em erro, mas nenhum interesse alheio à ciência o instigava; e para demonstrar o erro era preciso alguma coisa mais do que ameaças e clamores. Isto disse o presidente, com aplauso de toda a Câmara. O barbeiro, depois de alguns instantes de concentração, declarou que estava investido de um mandato público, e não restituiria a paz a Itaguaí antes de ver por terra a Casa Verde, "essa **Bastilha** da razão humana", expressão que ouvira a um poeta local, e que ele repetiu com muita ênfase. Disse, e a um sinal todos saíram com ele.

Imagine-se a situação dos vereadores; **urgia obstar** ao ajuntamento, à rebelião, à luta, ao sangue. Para acrescentar ao mal, um dos vereadores, que apoiara o presidente, ouvindo agora a denominação dada pelo barbeiro à Casa Verde — "Bastilha da razão humana" — achou-a tão elegante, que mudou de parecer. Disse que entendia de bom aviso decretar alguma medida que reduzisse a Casa Verde; e porque o presidente, indignado, manifestasse em termos enérgicos o seu pasmo, o vereador fez esta reflexão:

Estipêndio: pagamento.

Bastilha: antiga fortaleza parisiense, transformada em prisão do Estado, tornou-se uma espécie de símbolo da tirania do regime monárquico. Foi tomada pelo povo em 14 de julho de 1789, marcando o início da Revolução Francesa. A tomada da Bastilha é, pois, um ato que simboliza a conquista da liberdade.

Urgia obstar: era urgente pôr um obstáculo.

— Nada tenho que ver com a ciência; mas se tantos homens em quem supomos juízo são reclusos por dementes, quem nos afirma que o alienado não é o alienista*?

Sebastião Freitas, o vereador dissidente, tinha o dom da palavra, e falou ainda por algum tempo com prudência, mas com firmeza. Os colegas estavam atônitos; o presidente pediu-lhe que, ao menos, desse o exemplo da ordem e do respeito à lei, não **aventasse** as suas ideias na rua, para não dar corpo e alma à rebelião, que era por ora um turbilhão de átomos dispersos. Esta figura corrigiu um pouco o efeito da outra: Sebastião Freitas prometeu suspender qualquer ação, reservando-se o direito de pedir pelos meios legais a redução da Casa Verde. E repetia consigo, namorado: — "Bastilha da razão humana!"

Entretanto, a arruaça crescia. Já não eram trinta, mas trezentas pessoas que acompanhavam o barbeiro, cuja alcunha familiar deve ser mencionada, porque ela deu o nome à revolta; chamavam-lhe o Canjica — e o movimento ficou célebre com o nome de revolta dos Canjicas. A ação podia ser restrita — visto que muita gente, ou por medo, ou por hábitos de educação, não descia à rua; mas o sentimento era unânime, ou quase unânime, e os trezentos que caminhavam para a Casa Verde — dada a diferença de Paris a Itaguaí — podiam ser comparados aos que tomaram a Bastilha.

D. Evarista teve notícia da rebelião antes que ela chegasse; veio dar-lha uma de suas **crias**. Ela provava nessa ocasião um vestido de seda — um dos trinta e sete que trouxera do Rio de Janeiro — e não quis crer.

— Há de ser alguma **patuscada** — dizia ela mudando a posição de um alfinete. — Benedita, vê se a barra está boa.

— Está, sinhá — respondia a mucama de cócoras no chão —, está boa. Sinhá vira um bocadinho. Assim. Está muito boa.

— Não é patuscada, não, senhora; eles estão gritando: Morra o Dr. Bacamarte! o tirano! — dizia o moleque assustado.

*** Observe que os moradores começam a questionar a própria sanidade mental do médico.**

Aventasse: espalhasse.

Crias: jovens escravas ou escravos.

Patuscada: brincadeira, farra.

— Cala a boca, tolo! Benedita, olha aí do lado esquerdo; não parece que a costura está um pouco enviesada? A risca azul não segue até abaixo; está muito feio assim; é preciso descoser para ficar igualzinho e...

— Morra o Dr. Bacamarte! morra o tirano! — uivaram fora trezentas vozes. Era a rebelião que desembocava na Rua Nova.

D. Evarista ficou sem pinga de sangue. No primeiro instante não deu um passo, não fez um gesto; o terror petrificou-a. A mucama correu instintivamente para a porta do fundo. Quanto ao moleque, a quem D. Evarista não dera crédito, teve um instante de triunfo, um certo movimento súbito, imperceptível, entranhado, de satisfação moral, ao ver que a realidade vinha jurar por ele.

— Morra o alienista! — bradavam as vozes mais perto.

D. Evarista, se não resistia facilmente às comoções de prazer, sabia **entestar** com os momentos de perigo. Não desmaiou; correu à sala interior onde o marido estudava. Quando ela ali entrou, precipitada, o ilustre médico **escrutava** um texto de **Averróis**, os olhos dele, empanados pela cogitação, subiam do livro ao teto e baixavam do teto ao livro, cegos para a realidade exterior, videntes para os profundos trabalhos mentais. D. Evarista chamou pelo marido duas vezes, sem que ele lhe desse atenção; à terceira, ouviu e perguntou-lhe o que tinha, se estava doente.

— Você não ouve estes gritos? — perguntou a digna esposa em lágrimas.

O alienista atendeu então; os gritos aproximavam-se, terríveis, ameaçadores; ele compreendeu tudo. Levantou-se da cadeira de espaldar em que estava sentado, fechou o livro, e, a passo firme e tranquilo, foi depositá-lo na estante. Como a introdução do volume desconcertasse um pouco a linha dos dois tomos contíguos, Simão Bacamarte cuidou de corrigir esse defeito mínimo, e, aliás, interessante*. Depois disse à mulher que se recolhesse, que não fizesse nada.

Entestar: enfrentar, confrontar.

Escrutava: examinava.

Averróis (1126-1198): famoso filósofo e médico árabe.

*** Observe que o narrador chama a atenção para um aspecto importante do comportamento do médico: sua obsessiva preocupação com a ordem perfeita.**

— Não, não — implorava a digna senhora —, quero morrer ao lado de você...

Simão Bacamarte teimou que não, que não era caso de morte; e ainda que o fosse, intimava-lhe em nome da vida que ficasse. A infeliz dama curvou a cabeça, obediente e chorosa.

— Abaixo a Casa Verde! — bradavam os Canjicas.

O alienista caminhou para a varanda da frente, e chegou ali no momento em que a rebelião também chegava e parava, defronte com as suas trezentas cabeças **rutilantes** de civismo e sombrias de desespero. — Morra! morra! — bradaram de todos os lados, apenas o vulto do alienista assomou na varanda. Simão Bacamarte fez um sinal pedindo para falar; os revoltosos cobriram-lhe a voz com brados de indignação. Então, o barbeiro agitando o chapéu, a fim de impor silêncio à turba, conseguiu aquietar os amigos, e declarou ao alienista que podia falar, mas acrescentou que não abusasse da paciência do povo como fizera até então.

— Direi pouco, ou até não direi nada, se for preciso. Desejo saber primeiro o que pedis.

— Não pedimos nada — replicou **fremente** o barbeiro —, ordenamos que a Casa Verde seja demolida, ou pelo menos despojada dos infelizes que lá estão.

— Não entendo.

— Entendeis bem, tirano; queremos dar liberdade às vítimas do vosso ódio, capricho, ganância...

O alienista sorriu, mas o sorriso desse grande homem não era coisa visível aos olhos da multidão; era uma contração leve de dois ou três músculos, nada mais. Sorriu e respondeu:

— Meus senhores, a ciência é coisa séria, e merece ser tratada com seriedade. Não dou razão dos meus atos de alienista a ninguém, salvo aos mestres e a Deus. Se quereis emendar a administração da Casa Verde, estou pronto a ouvir-vos; mas se exigis que me negue a mim mesmo, não ganhareis nada. Poderia convidar alguns de vós, em comissão dos outros, a vir ver comigo

Rutilantes: brilhantes.

Fremente: vibrante, agitado.

os loucos reclusos; mas não o faço, porque seria dar-vos razão do meu sistema, o que não farei a leigos, nem a rebeldes.

Disse isto o alienista, e a multidão ficou atônita; era claro que não esperava tanta energia e menos ainda tamanha serenidade. Mas o assombro cresceu de ponto quando o alienista, cortejando a multidão com muita gravidade, deu-lhe as costas e retirou-se lentamente para dentro. O barbeiro tornou logo a si, e, agitando o chapéu, convidou os amigos à demolição da Casa Verde; poucas vozes e frouxas lhe responderam. Foi nesse momento decisivo que o barbeiro sentiu despontar em si a ambição do governo; pareceu-lhe então que, demolindo a Casa Verde, e derrocando a influência do alienista, chegaria a apoderar-se da Câmara, dominar as demais autoridades e constituir-se senhor de Itaguaí. Desde alguns anos que ele forcejava por ver o seu nome incluído nos **pelouros** para o sorteio dos vereadores, mas era recusado por não ter uma posição compatível com tão grande cargo. A ocasião era agora ou nunca. Demais fora tão longe na ameaça, que a derrota seria a prisão, ou talvez a forca, ou o **degredo**. Infelizmente, a resposta do alienista diminuíra o furor dos **sequazes**. O barbeiro, logo que o percebeu, sentiu um impulso de indignação, e quis bradar-lhes: — Canalhas! covardes! — mas conteve-se, e rompeu deste modo:

— Meus amigos, lutemos até o fim! A salvação de Itaguaí está nas vossas mãos dignas e heroicas. Destruamos o cárcere de vossos filhos e pais, de vossas mães e irmãs, de vossos parentes e amigos, e de vós mesmos. Ou morrereis a pão e água, talvez a chicote, na masmorra daquele indigno.

A multidão agitou-se, murmurou, bradou, ameaçou, congregou-se toda em derredor do barbeiro. Era a revolta que tornava a si da ligeira **síncope**, e ameaçava arrasar a Casa Verde.

— Vamos! — bradou Porfírio agitando o chapéu.

— Vamos! — repetiram todos.

Pelouros: bolas de cera nas quais se colocavam os votos dos eleitores.

Degredo (ê): desterro; pena que obriga o réu a permanecer fora de sua pátria.

Sequazes: seguidores, acompanhantes (do barbeiro).

Síncope: interrupção.

Deteve-os um incidente: era um corpo de **dragões** que, **a marche-marche**, entrava na Rua Nova.

7. O inesperado

Chegados os dragões em frente aos Canjicas, houve um instante de estupefação: os Canjicas não queriam crer que a força pública fosse mandada contra eles; mas o barbeiro compreendeu tudo e esperou. Os dragões pararam, o capitão intimou à multidão que se dispersasse; mas, conquanto uma parte dela estivesse inclinada a isso, a outra parte apoiou fortemente o barbeiro, cuja resposta consistiu nestes termos alevantados:

— Não nos dispersaremos. Se quereis os nossos cadáveres, podeis tomá-los; mas só os cadáveres; não levareis a nossa honra, o nosso crédito, os nossos direitos, e com eles a salvação de Itaguaí.

Nada mais imprudente do que essa resposta do barbeiro; e nada mais natural. Era a vertigem das grandes crises. Talvez fosse também um excesso de confiança na **abstenção das armas** por parte dos dragões; confiança que o capitão dissipou logo, mandando **carregar** sobre os Canjicas. O momento foi indescritível. A multidão urrou furiosa; alguns, trepando às janelas das casas, ou correndo pela rua fora, conseguiram escapar; mas a maioria ficou, bufando de cólera, indignada, animada pela exortação do barbeiro. A derrota dos Canjicas estava iminente, quando um terço dos dragões — qualquer que fosse o motivo, as crônicas não o declaram — passou subitamente para o lado da rebelião. Este inesperado reforço deu alma aos Canjicas, ao mesmo tempo que lançou o desânimo às fileiras da legalidade. Os soldados fiéis não tiveram coragem de atacar os seus próprios camaradas, e, um a um, foram passando para eles, de modo que ao cabo de alguns minutos, o aspecto das coisas era totalmente outro. O capitão estava de um lado, com alguma gente, contra uma massa compacta

Dragões: soldados.

A marche-marche: a passo rápido.

Abstenção das armas: o barbeiro imaginava que os soldados não usariam as armas contra a população que protestava.

Carregar: avançar.

que o ameaçava de morte. Não teve remédio, declarou-se vencido e entregou a espada ao barbeiro.

A revolução triunfante não perdeu um só minuto; recolheu os feridos às casas próximas, e guiou para a Câmara. Povo e tropa fraternizavam, davam vivas a el-rei, ao vice-rei, a Itaguaí, ao "ilustre Porfírio". Este ia na frente, empunhando tão destramente a espada, como se ela fosse apenas uma navalha um pouco mais comprida. A vitória **cingia-lhe** a fronte de um **nimbo** misterioso. A dignidade de governo começava a enrijar-lhe os quadris.

Os vereadores, às janelas, vendo a multidão e a tropa, cuidaram que a tropa capturara a multidão, e sem mais exame, entraram e votaram uma petição ao vice-rei para que mandasse dar um mês de soldo aos dragões, "cujo **denodo** salvou Itaguaí do abismo a que o tinha lançado uma **cáfila** de rebeldes". Esta frase foi proposta por Sebastião Freitas, o vereador dissidente, cuja defesa dos Canjicas tanto escandalizara os colegas. Mas bem depressa a ilusão se desfez. Os vivas ao barbeiro, os morras aos vereadores e ao alienista vieram dar-lhe notícia da triste realidade. O presidente não desanimou: — qualquer que seja a nossa sorte, disse ele, lembremo-nos que estamos ao serviço de Sua Majestade e do povo. — Sebastião Freitas insinuou que melhor se poderia servir à Coroa e à vila saindo pelos fundos e indo conferenciar com o juiz de fora, mas toda a Câmara rejeitou esse **alvitre**.

Daí a nada o barbeiro, acompanhado de alguns de seus tenentes, entrava na sala da vereança, e intimava à Câmara a sua queda. A Câmara não resistiu, entregou-se, e foi dali para a cadeia. Então os amigos do barbeiro propuseram-lhe que assumisse o governo da vila, em nome de Sua Majestade. Porfírio aceitou o encargo, embora não desconhecesse (acrescentou) os espinhos que trazia; disse mais que não podia dispensar o concurso dos amigos presentes; ao que eles prontamente **anuíram**. O barbeiro veio à janela, e comunicou ao

Cingia-lhe: circundava-lhe.

Nimbo: auréola.

Denodo (ô): bravura, coragem.

Cáfila: bando, corja.

Alvitre: parecer, opinião.

Daí a nada: daí a pouco.

Anuíram: consentiram, aprovaram.

povo essas resoluções, que o povo ratificou, aclamando o barbeiro. Este tomou a denominação de — "Protetor da vila em nome de Sua Majestade e do povo". — Expediram-se logo várias ordens importantes, comunicações oficiais do novo governo, uma exposição minuciosa ao vice-rei, com muitos protestos de obediência às ordens de Sua Majestade; finalmente, uma proclamação ao povo, curta, mas enérgica:

Itaguaienses!

Uma Câmara corrupta e violenta conspirava contra os interesses de Sua Majestade e do povo. A opinião pública tinha-a condenado; um punhado de cidadãos, fortemente apoiados pelos bravos dragões de Sua Majestade, acaba de a dissolver **ignominiosamente***, e, por unânime consenso da vila, foi-me confiado o mando supremo, até que Sua Majestade se sirva ordenar o que parecer melhor ao seu real serviço. Itaguaienses! não vos peço senão, que me rodeeis de confiança, que me auxilieis em restaurar a paz e a fazenda pública, tão desbaratada pela Câmara que ora findou às vossas mãos. Contai com o meu sacrifício, e ficai certos de que a Coroa será por nós.*

O Protetor da vila em nome de Sua Majestade e do povo
Porfírio Caetano das Neves.

Toda a gente **advertiu** no absoluto silêncio desta proclamação acerca da Casa Verde; e, segundo uns, não podia haver mais vivo indício dos projetos tenebrosos do barbeiro. O perigo era tanto maior quanto que, no meio mesmo desses graves sucessos, o alienista metera na Casa Verde umas sete ou oito pessoas, entre elas duas senhoras, sendo um dos homens aparentado com o Protetor. Não era um repto, um ato intencional; mas todos o interpretaram dessa maneira, e a vila respirou com a esperança de que o alienista dentro de vinte e quatro horas estaria a ferros, e destruído o terrível cárcere.

Ignominiosamente: de modo ignominioso, vergonhoso.

Advertiu: reparou.

O dia acabou alegremente. Enquanto o arauto da matraca ia recitando de esquina em esquina a proclamação, o povo espalhava-se nas ruas e jurava morrer em defesa do ilustre Porfírio. Poucos gritos contra a Casa Verde, prova de confiança na ação do governo. O barbeiro fez expedir um ato declarando feriado aquele dia, e entabulou negociações com o vigário para a celebração de um ***Te Deum***, tão conveniente era aos olhos dele a conjunção do poder temporal com o espiritual; mas o Padre Lopes recusou abertamente o seu **concurso**.

— Em todo caso, Vossa Reverendíssima não se alistará entre os inimigos do governo? — disse-lhe o barbeiro dando à fisionomia um aspecto tenebroso.

Ao que o Padre Lopes respondeu, sem responder:

— Como alistar-me, se o novo governo não tem inimigos?

O barbeiro sorriu; era a pura verdade. Salvo o capitão, os vereadores e os principais da vila, toda a gente o aclamava. Os mesmos principais, se o não aclamavam, não tinham saído contra ele. Nenhum dos **almotacés** deixou de vir receber as suas ordens. No geral, as famílias abençoavam o nome daquele que ia enfim libertar Itaguaí da Casa Verde e do terrível Simão Bacamarte.

8. As angústias do boticário

— Vinte e quatro horas depois dos sucessos narrados no capítulo anterior, o barbeiro saiu do palácio do governo — foi a denominação dada à casa da Câmara — com dois ajudantes de ordens, e dirigiu-se à residência de Simão Bacamarte. Não ignorava ele que era mais decoroso ao governo mandá-lo chamar; o receio, porém, de que o alienista não obedecesse, obrigou-o a parecer tolerante e moderado.

Não descrevo o terror do boticário ao ouvir dizer que o barbeiro ia à casa do alienista. "Vai prendê-lo",

***Te Deum* (em latim):** **cântico de ação de graças.**

Concurso: colaboração.

Almotacés: inspetores da área dos alimentos.

pensou ele. E redobraram-lhe as angústias. Com efeito, a tortura moral do boticário naqueles dias de revolução excede a toda a descrição possível. Nunca um homem se achou em mais apertado lance: — a **privança** do alienista chamava-o ao lado deste, a vitória do barbeiro atraía-o ao barbeiro. Já a simples notícia da sublevação tinha-lhe sacudido fortemente a alma, porque ele sabia a unanimidade do ódio ao alienista; mas a vitória final foi também o golpe final. A esposa, senhora máscula, amiga particular de D. Evarista, dizia que o lugar dele era ao lado de Simão Bacamarte; ao passo que o coração lhe bradava que não, que a causa do alienista estava perdida, e que ninguém, por ato próprio, se amarra a um cadáver. "Fê-lo Catão, é verdade, ***sed victa Catoni***, pensava ele, relembrando algumas palestras habituais do Padre Lopes; mas Catão não se atou a uma causa vencida, ele era a própria causa vencida, a causa da república; o seu ato, portanto, foi de egoísta, de um miserável egoísta; minha situação é outra." Insistindo, porém, a mulher, não achou Crispim Soares outra saída em tal crise senão adoecer; declarou-se doente, e meteu-se na cama*****.

— Lá vai o Porfírio à casa do Dr. Bacamarte — disse-lhe a mulher no dia seguinte à cabeceira da cama —, vai acompanhado de gente.

"Vai prendê-lo", pensou o boticário.

Uma ideia traz outra; o boticário imaginou que, uma vez preso o alienista, viriam também buscá-lo a ele, na qualidade de cúmplice. Esta ideia foi o melhor dos **vesicatórios**. Crispim Soares ergueu-se, disse que estava bom, que ia sair; e apesar de todos os esforços e protestos da consorte, vestiu-se e saiu. Os velhos cronistas são unânimes em dizer que a certeza de que o marido ia colocar-se nobremente ao lado do alienista consolou grandemente a esposa do boticário; e notam, com muita perspicácia, o imenso poder moral de uma ilusão; porquanto, o boticário caminhou resolutamente ao palácio do governo, não à casa do alienista. Ali chegando, mostrou-se admirado

Privança: intimidade.

***Sed victa Catoni* (em latim):** "mas Catão (ficou fiel) a uma causa perdida". Trecho de um verso do poeta Lucano em que ele diz que os deuses tomaram partido dos vencedores, mas Catão, político romano célebre por sua retidão moral, permaneceu fiel aos vencidos.

*** Observe a ironia do narrador ao destacar a covardia do boticário.**

Vesicatório: remédio.

de não ver o barbeiro, a quem ia apresentar os seus protestos de adesão, não o tendo feito desde a véspera por enfermo. E tossia com algum custo. Os altos funcionários que lhe ouviam esta declaração, sabedores da intimidade do boticário com o alienista, compreenderam toda a importância da adesão nova, e trataram a Crispim Soares com apurado carinho; afirmaram-lhe que o barbeiro não tardava; Sua Senhoria tinha ido à Casa Verde, a negócio importante, mas não tardava. Deram-lhe cadeira, refrescos, elogios; disseram-lhe que a causa do ilustre Porfírio era a de todos os patriotas; ao que o boticário ia repetindo que sim, que nunca pensara outra coisa, que isso mesmo mandaria declarar a Sua Majestade.

9. Dois lindos casos

Não se demorou o alienista em receber o barbeiro; declarou-lhe que não tinha meios de resistir, e portanto estava prestes a obedecer. Só uma coisa pedia, é que o não constrangesse a assistir pessoalmente à destruição da Casa Verde.

— Engana-se Vossa Senhoria — disse o barbeiro depois de alguma pausa —, engana-se em atribuir ao governo intenções **vandálicas**. Com razão ou sem ela, a opinião crê que a maior parte dos doidos ali metidos estão em seu perfeito juízo, mas o governo reconhece que a questão é puramente científica, e não cogita em resolver com **posturas** as questões científicas. Demais, a Casa Verde é uma instituição pública; tal a aceitamos das mãos da Câmara dissolvida. Há, entretanto — por força que há de haver um **alvitre intermédio** que restitua o sossego ao espírito público.

O alienista mal podia dissimular o assombro; confessou que esperava outra coisa, o arrasamento do hospício, a prisão dele, o desterro, tudo, menos...

— O pasmo de Vossa Senhoria — atalhou gravemente o barbeiro — vem de não atender à grave respon-

Vandálicas: destruidoras; como se fossem intenções de vândalos.

Posturas: normas, decretos.

Alvitre intermédio: solução intermediária.

sabilidade do governo. O povo, tomado de uma cega piedade, que lhe dá em tal caso legítima indignação, pode exigir do governo certa ordem de atos; mas este, com a responsabilidade que lhe incumbe, não os deve praticar, ao menos integralmente, e tal é a nossa situação. A generosa revolução que ontem derrubou uma câmara **vilipendiada** e corrupta, pediu em altos brados o arrasamento da Casa Verde; mas pode entrar no ânimo do governo eliminar a loucura? Não. E se o governo não a pode eliminar, está ao menos apto para discriminá-la, reconhecê-la? Também não; é matéria de ciência. Logo, em assunto tão melindroso, o governo não pode, não deve, não quer dispensar o concurso de Vossa Senhoria. O que lhe pede é que de certa maneira demos alguma satisfação ao povo. Unamo-nos, e o povo saberá obedecer. Um dos alvitres aceitáveis, se Vossa Senhoria não indicar outro, seria fazer retirar da Casa Verde aqueles enfermos que estiverem quase curados, e bem assim os maníacos de pouca monta, etc. Desse modo, sem grande perigo, mostraremos alguma tolerância e benignidade.

— Quantos mortos e feridos houve ontem no conflito? — perguntou Simão Bacamarte, depois de uns três minutos.

O barbeiro ficou espantado da pergunta, mas respondeu logo que onze mortos e vinte e cinco feridos.

— Onze mortos e vinte e cinco feridos! — repetiu duas ou três vezes o alienista.

E em seguida declarou que o alvitre lhe não parecia bom, mas que ele ia catar algum outro, e dentro de poucos dias lhe daria resposta. E fez-lhe várias perguntas acerca dos sucessos da véspera, ataque, defesa, adesão dos dragões, resistência da Câmara, etc., ao que o barbeiro ia respondendo com grande abundância, insistindo principalmente no descrédito em que a Câmara caíra. O barbeiro confessou que o novo governo não tinha ainda por si a confiança dos principais da vila, mas o alienista podia fazer muito nesse ponto. O governo, concluiu o barbeiro, folgaria se pudesse contar, não já com a simpa-

Vilipendiada: indigna, desprezível.

tia, senão com a benevolência do mais alto espírito de Itaguaí, e seguramente do reino. Mas nada disso alterava a nobre e austera fisionomia daquele grande homem, que ouvia calado, sem **desvanecimento**, nem modéstia, mas impassível como um deus de pedra.

— Onze mortos e vinte e cinco feridos — repetiu o alienista, depois de acompanhar o barbeiro até à porta. — Eis aí dois lindos casos de doença cerebral. Os sintomas de duplicidade e descaramento deste barbeiro são positivos. Quanto à **toleima** dos que o aclamaram não é preciso outra prova além dos onze mortos e vinte e cinco feridos. — Dois lindos casos!

— Viva o ilustre Porfírio! — bradaram umas trinta pessoas que aguardavam o barbeiro à porta.

O alienista espiou pela janela, e ainda ouviu este resto de uma pequena fala do barbeiro às trinta pessoas que o aclamavam:

— ... porque eu velo, podeis estar certos disso, eu velo pela execução das vontades do povo. Confiai em mim; e tudo se fará pela melhor maneira. Só vos recomendo ordem. A ordem, meus amigos, é a base do governo...

— Viva o ilustre Porfírio! — bradaram as trinta vozes, agitando os chapéus.

— Dois lindos casos! — murmurou o alienista.

10. A restauração*

Dentro de cinco dias, o alienista meteu na Casa Verde cerca de cinquenta aclamadores do novo governo. O povo indignou-se. O governo, atarantado, não sabia reagir. João Pina, outro barbeiro, dizia abertamente nas ruas, que o Porfírio estava "vendido ao ouro de Simão Bacamarte", frase que congregou em torno de João Pina a gente mais resoluta da vila. Porfírio, vendo o antigo rival da navalha à testa da insurreição, compreendeu que a sua perda era irremediável, se não desse um grande golpe; expediu dois decretos, um abolindo a Casa Verde,

Desvanecimento: vaidade, orgulho.

Toleima: tolice.

* Referência irônica à fase de restabelecimento da monarquia em 1814, na França, depois do período de terror revolucionário. Observe que o cap. 5 tem o título de "O terror", comparando-se a rebelião do barbeiro à Revolução Francesa. Comparação irônica, evidentemente.

outro, desterrando o alienista. João Pina mostrou claramente, com grandes frases, que o ato de Porfírio era um simples aparato, um engodo, em que o povo não devia crer. Duas horas depois caía Porfírio ignominiosamente, e João Pina assumia a difícil tarefa do governo. Como achasse nas gavetas as minutas da proclamação, da exposição ao vice-rei e de outros atos inaugurais do governo anterior, deu-se pressa em os fazer copiar e expedir; acrescentam os cronistas, e aliás subentende-se, que ele lhes mudou os nomes, e onde o outro barbeiro falara de uma Câmara corrupta, falou este de "um intruso **eivado** das más doutrinas francesas, e contrário aos sacrossantos interesses de Sua Majestade", etc.

Nisto entrou na vila uma força mandada pelo vice-rei, e restabeleceu a ordem. O alienista exigiu desde logo a entrega do barbeiro Porfírio, e bem assim a de uns cinquenta e tantos indivíduos, que declarou mentecaptos; e não só lhe deram esses, como afiançaram entregar-lhe mais dezenove **sequazes** do barbeiro, que convalesciam das feridas apanhadas na primeira rebelião.

Este ponto da crise de Itaguaí marca também o grau máximo da influência de Simão Bacamarte. Tudo quanto quis, deu-se-lhe; e uma das mais vivas provas do poder do ilustre médico achamo-la na prontidão com que os vereadores, restituídos a seus lugares, consentiram em que Sebastião Freitas também fosse recolhido ao hospício. O alienista, sabendo da extraordinária inconsistência das opiniões desse vereador, entendeu que era um caso patológico, e pediu-o. A mesma coisa aconteceu ao boticário. O alienista, desde que lhe falaram da momentânea adesão de Crispim Soares à rebelião dos Canjicas, comparou-a à aprovação que sempre recebera dele, ainda na véspera e mandou chamá-lo. Crispim Soares não negou o fato, mas explicou-o dizendo que cedera a um movimento de terror, ao ver a rebelião triunfante, e deu como prova a ausência de nenhum outro ato seu, acrescentando que voltara logo à cama,

Eivado: pleno.

Sequazes: seguidores, apoiadores.

doente. Simão Bacamarte não o contrariou; disse, porém, aos circunstantes que o terror também é pai da loucura, e que o caso de Crispim Soares lhe parecia dos mais caracterizados.

Mas a prova mais evidente da influência de Simão Bacamarte foi a docilidade com que a Câmara lhe entregou o próprio presidente. Este digno magistrado tinha declarado em plena sessão, que não se contentava, para lavá-lo da afronta dos Canjicas, com menos de trinta **almudes** de sangue; palavra que chegou aos ouvidos do alienista por boca do secretário da Câmara, entusiasmado de tamanha energia. Simão Bacamarte começou por meter o secretário na Casa Verde, e foi dali à Câmara, à qual declarou que o presidente estava padecendo da "demência dos touros", um gênero que ele pretendia estudar, com grande vantagem para os povos. A Câmara a princípio hesitou, mas acabou cedendo.

Daí em diante foi uma coleta desenfreada. Um homem não podia dar nascença ou curso à mais simples mentira do mundo, ainda daquelas que aproveitam ao inventor ou divulgador, que não fosse logo metido na Casa Verde. Tudo era loucura. Os cultores de enigmas, os fabricantes de charadas, de anagramas, os maldizentes, os curiosos da vida alheia, os que põem todo o seu cuidado na **tafularia**, um ou outro almotacé **enfunado**, ninguém escapava aos emissários do alienista. Ele respeitava as namoradas e não poupava as namoradeiras, dizendo que as primeiras cediam a um impulso natural, e as segundas a um vício. Se um homem era avaro ou pródigo ia do mesmo modo para a Casa Verde; daí a alegação de que não havia regra para a completa sanidade mental. Alguns cronistas creem que Simão Bacamarte nem sempre procedia com lisura, e citam em abono da afirmação (que não sei se pode ser aceita) o fato de ter alcançado da Câmara uma postura autorizando o uso de um anel de prata no dedo polegar da mão esquerda, a toda a pessoa que, sem outra prova documental ou tradicional, declarasse ter nas veias duas ou três **onças**

Almudes: medida de capacidade equivalente a 31,94 litros.

Tafularia: preocupação exagerada com a aparência.

Enfunado: vaidoso.

Onças: antiga medida de peso com valores que variam de 24 a 33 gramas.

de sangue **godo**. Dizem esses cronistas que o fim secreto da insinuação à Câmara foi enriquecer um ourives, amigo e compadre dele; mas, conquanto seja certo que o ourives viu prosperar o negócio depois da nova ordenação municipal, não o é menos que essa postura deu à Casa Verde uma multidão de inquilinos; pelo que, não se pode definir, sem temeridade, o verdadeiro fim do ilustre médico. Quanto à razão determinativa da captura e **aposentação** na Casa Verde de todos quantos usaram do anel, é um dos pontos mais obscuros da história de Itaguaí; a opinião mais verossímil é que eles foram recolhidos por andarem a gesticular, à toa, nas ruas, em casa, na igreja. Ninguém ignora que os doidos gesticulam muito. Em todo caso é uma simples conjectura; de positivo nada há.

— Onde é que este homem vai parar? — diziam os principais da terra. — Ah! se nós tivéssemos apoiado os Canjicas...

Um dia de manhã — dia em que a Câmara devia dar um grande baile — a vila inteira ficou abalada com a notícia de que a própria esposa do alienista fora metida na Casa Verde. Ninguém acreditou; devia ser invenção de algum gaiato. E não era: era a verdade pura. D. Evarista fora recolhida às duas horas da noite. O padre Lopes correu ao alienista e interrogou-o discretamente acerca do fato.

— Já há algum tempo que eu desconfiava — disse gravemente o marido. — A modéstia com que ela vivera em ambos os matrimônios não podia conciliar-se com o furor das sedas, veludos, rendas e pedras preciosas que manifestou, logo que voltou do Rio de Janeiro. Desde então comecei a observá-la. Suas conversas eram todas sobre esses objetos: se eu lhe falava das antigas cortes, inquiria logo da forma dos vestidos das damas; se uma senhora a visitava, na minha ausência, antes de me dizer o objeto da visita, descrevia-me o traje, aprovando umas coisas e censurando outras. Um dia, creio que Vossa Reverendíssima há de lembrar-se, propôs-se a fazer anualmente um vestido para a imagem de Nossa Senhora da

Godo: antigo povo bárbaro da Europa.

Aposentação: internação.

Matriz. Tudo isto eram sintomas graves; esta noite, porém, declarou-se a total demência. Tinha escolhido, preparado, enfeitado o vestuário que levaria ao baile da Câmara Municipal; só hesitava entre um colar de **granada** e outro de safira. Anteontem perguntou-me qual deles levaria; respondi-lhe que um ou outro lhe ficava bem. Ontem repetiu a pergunta, ao almoço; pouco depois de jantar fui achá-la calada e pensativa. — Que tem? perguntei-lhe. — Queria levar o colar de granada, mas acho o de safira tão bonito! — Pois leve o de safira. — Ah! mas onde fica o de granada? — Enfim, passou a tarde sem novidade. Ceamos, e deitamo-nos. Alta noite, seria hora e meia, acordo e não a vejo; levanto-me, vou ao quarto de vestir, acho-a diante dos dois colares, ensaiando-os ao espelho, ora um, ora outro. Era evidente a demência; recolhi-a logo.

O Padre Lopes não se satisfez com a resposta, mas não objetou nada. O alienista, porém, percebeu e explicou-lhe que o caso de D. Evarista era de "**mania suntuária**", não incurável, e em todo caso digno de estudo.

— Conto pô-la boa dentro de seis semanas — concluiu ele.

A abnegação do ilustre médico deu-lhe grande realce. Conjecturas, invenções, desconfianças, tudo caiu por terra, desde que ele não duvidou recolher à Casa Verde a própria mulher, a quem amava com todas as forças da alma. Ninguém mais tinha o direito de resistir-lhe — menos ainda o de atribuir-lhe intuitos alheios à ciência.

Era um grande homem austero, **Hipócrates forrado de Catão**.

Granada: certo tipo de pedra.

Mania suntuária: mania de luxo.

Hipócrates forrado de Catão: o alienista era visto como um gênio da medicina (Hipócrates) com a dignidade de um homem honesto (Catão). Conferir as notas dos capítulos 5 (p. 52) e 8 (p. 65).

11. O assombro de Itaguaí

E agora prepare-se o leitor para o mesmo assombro em que ficou a vila, ao saber um dia que os loucos da Casa Verde iam todos ser postos na rua.

— Todos?

— Todos.

— É impossível; alguns, sim, mas todos...

— Todos. Assim o disse ele no ofício que mandou hoje de manhã à Câmara.

De fato, o alienista oficiara à Câmara expondo: — 1º, que verificara das estatísticas da vila e da Casa Verde, que quatro quintos da população estavam aposentados naquele estabelecimento; 2º, que esta deslocação de população levara-o a examinar os fundamentos da sua teoria das moléstias cerebrais, teoria que excluía do domínio da razão todos os casos em que o equilíbrio das faculdades não fosse perfeito e absoluto; 3º, que desse exame e do fato estatístico resultara para ele a convicção de que a verdadeira doutrina não era aquela, mas a oposta, e portanto que se devia admitir como normal e exemplar o desequilíbrio das faculdades, e como hipóteses patológicas todos os casos em que aquele equilíbrio fosse ininterrupto; 4º, que à vista disso declarava à Câmara que ia dar liberdade aos reclusos da Casa Verde e agasalhar nela as pessoas que se achassem nas condições agora expostas; 5º, que tratando de descobrir a verdade científica, não se pouparia a esforços de toda a natureza, esperando da Câmara igual dedicação; 6º, que restituía à Câmara e aos particulares a soma do estipêndio recebido para alojamento dos supostos loucos, descontada a parte efetivamente gasta com a alimentação, roupa, etc.; o que a Câmara mandaria verificar nos livros e arcas da Casa Verde.

O assombro de Itaguaí foi grande; não foi menor a alegria dos parentes e amigos dos reclusos. Jantares, danças, luminárias, músicas, tudo houve para celebrar tão **fausto** acontecimento. Não descrevo as festas por não interessarem ao nosso propósito; mas foram esplêndidas, tocantes e prolongadas.

E vão assim as coisas humanas! No meio do regozijo produzido pelo ofício de Simão Bacamarte, ninguém advertia na frase final do § 4º, uma frase cheia de experiências futuras.

Fausto: feliz.

12. O final do § 4º

Apagaram-se as luminárias, reconstituíram-se as famílias, tudo parecia reposto nos antigos eixos. Reinava a ordem, a Câmara exercia outra vez o governo, sem nenhuma pressão externa; o próprio presidente e o vereador Freitas tornaram aos seus lugares. O barbeiro Porfírio, ensinado pelos acontecimentos, tendo "provado tudo", como o poeta disse de Napoleão, e mais alguma coisa, porque Napoleão não provou a Casa Verde, o barbeiro achou preferível a glória obscura da navalha e da tesoura às calamidades brilhantes do poder; foi, é certo, processado; mas a população da vila implorou a clemência de Sua Majestade; daí o perdão. João Pina foi absolvido, atendendo-se a que ele derrocara um rebelde. Os cronistas pensam que deste fato é que nasceu o nosso adágio: — ladrão que furta ladrão, tem cem anos de perdão; — adágio imoral, é verdade, mas grandemente útil.

Não só findaram as queixas contra o alienista, mas até nenhum ressentimento ficou dos atos que ele praticara; acrescendo que os reclusos da Casa Verde, desde que ele os declarara plenamente ajuizados, sentiram-se tomados de profundo reconhecimento e férvido entusiasmo. Muitos entenderam que o alienista merecia uma especial manifestação, e deram-lhe um baile, ao qual se seguiram outros bailes e jantares. Dizem as crônicas que D. Evarista a princípio tivera a ideia de separar-se do consorte, mas a dor de perder a companhia de tão grande homem venceu qualquer ressentimento de amor-próprio, e o casal veio a ser ainda mais feliz do que antes.

Não menos íntima ficou a amizade do alienista e do boticário. Este concluiu do ofício de Simão Bacamarte que a prudência é a primeira das virtudes em tempos de revolução, e apreciou muito a **magnanimidade** do alienista que, ao dar-lhe a liberdade, estendeu-lhe a mão de amigo velho.

Magnanimidade: generosidade.

— É um grande homem — disse ele à mulher, referindo aquela circunstância.

Não é preciso falar do albardeiro, do Costa, do Coelho, do Martim Brito e outros, especialmente nomeados neste escrito; basta dizer que puderam exercer livremente os seus hábitos anteriores. O próprio Martim Brito, recluso por um discurso em que louvara enfaticamente D. Evarista, fez agora outro em honra do insigne médico — "cujo altíssimo gênio, elevando as asas muito acima do sol, deixou abaixo de si todos os demais espíritos da Terra".

— Agradeço as suas palavras — retorquiu-lhe o alienista —, e ainda me não arrependo de o haver restituído à liberdade.

Entretanto, a Câmara, que respondera ao ofício de Simão Bacamarte, com a ressalva de que oportunamente **estatuiria** em relação ao final do § 4º, tratou enfim de legislar sobre ele. Foi adotada, sem debate, uma postura autorizando o alienista a agasalhar na Casa Verde as pessoas que se achassem no gozo do perfeito equilíbrio das faculdades mentais. E porque a experiência da Câmara tivesse sido dolorosa, estabeleceu ela a cláusula de que a autorização era provisória, limitada a um ano, para o fim de ser experimentada a nova teoria psicológica, podendo a Câmara, antes mesmo daquele prazo, mandar fechar a Casa Verde, se a isso fosse aconselhada por motivos de ordem pública. O vereador Freitas propôs também a declaração de que em nenhum caso fossem os vereadores recolhidos ao asilo dos alienados: cláusula que foi aceita, votada e incluída na postura, apesar das reclamações do vereador Galvão. O argumento principal deste magistrado é que a Câmara, legislando sobre uma experiência científica, não podia excluir as pessoas dos seus membros das consequências da lei; a exceção era odiosa e ridícula. Mal proferira estas duras palavras, romperam os vereadores em altos brados contra a audácia e insensatez do colega; este, porém, ouviu-os e limitou-se a dizer que votava contra a exceção.

Estatuiria: **regulamentaria; faria leis sobre isso.**

— A vereança — concluiu ele — não nos dá nenhum poder especial nem nos elimina do espírito humano.

Simão Bacamarte aceitou a postura com todas as restrições. Quanto à exclusão dos vereadores, declarou que teria profundo sentimento se fosse compelido a recolhê-los à Casa Verde; a cláusula, porém, era a melhor prova de que eles não padeciam do perfeito equilíbrio das faculdades mentais. Não acontecia o mesmo ao vereador Galvão, cujo acerto na objeção feita, e cuja moderação na resposta dada às **invectivas** dos colegas mostravam da parte dele um cérebro bem organizado; pelo que rogava à Câmara que lho entregasse. A Câmara, sentindo-se ainda agravada pelo proceder do vereador Galvão, estimou o pedido do alienista, e votou unanimemente a entrega.

Compreende-se que, pela teoria nova, não bastava um fato ou um dito, para recolher alguém à Casa Verde; era preciso um longo exame, um vasto inquérito do passado e do presente. O Padre Lopes, por exemplo, só foi capturado trinta dias depois da postura, a mulher do boticário quarenta dias. A reclusão desta senhora encheu o consorte de indignação. Crispim Soares saiu de casa espumando de cólera, e declarando às pessoas a quem encontrava que ia arrancar as orelhas ao tirano. Um sujeito, adversário do alienista, ouvindo na rua essa notícia, esqueceu os motivos de dissidência, e correu à casa de Simão Bacamarte a participar-lhe o perigo que corria. Simão Bacamarte mostrou-se grato ao procedimento do adversário, e poucos minutos lhe bastaram para conhecer a retidão dos seus sentimentos, a boa-fé, o respeito humano, a generosidade; apertou-lhe muito as mãos, e recolheu-o à Casa Verde.

— Um caso destes é raro — disse ele à mulher pasmada. — Agora esperemos o nosso Crispim.

Crispim Soares entrou. A dor vencera a raiva, o boticário não arrancou as orelhas ao alienista. Este consolou o seu privado, assegurando-lhe que não era caso perdido; talvez a mulher tivesse alguma lesão cerebral;

Invectivas: ataques.

ia examiná-la com muita atenção; mas antes disso não podia deixá-la na rua. E, parecendo-lhe vantajoso reuni-los, porque a astúcia e velhacaria do marido poderiam de certo modo curar a beleza moral que ele descobrira na esposa, disse Simão Bacamarte:

— O senhor trabalhará durante o dia na botica, mas almoçará e jantará com sua mulher, e cá passará as noites, os domingos e dias santos.

A proposta colocou o pobre boticário na situação do **asno de Buridan**. Queria viver com a mulher, mas temia voltar à Casa Verde; e nessa luta esteve algum tempo, até que D. Evarista o tirou da dificuldade, prometendo que se incumbiria de ver a amiga e transmitir os recados de um para outro. Crispim Soares beijou-lhe as mãos agradecido. Este último rasgo de egoísmo **pusilânime** pareceu sublime ao alienista.

Ao cabo de cinco meses estavam alojadas umas dezoito pessoas; mas Simão Bacamarte não afrouxava; ia de rua em rua, de casa em casa, espreitando, interrogando, estudando; e quando colhia um enfermo, levava-o com a mesma alegria com que outrora os arrebanhava às dúzias. Essa mesma desproporção confirmava a teoria nova; achara-se enfim a verdadeira patologia cerebral. Um dia, conseguiu meter na Casa Verde o juiz de fora; mas procedia com tanto escrúpulo, que o não fez senão depois de estudar minuciosamente todos os seus atos, e interrogar os principais da vila. Mais de uma vez esteve prestes a recolher pessoas perfeitamente desequilibradas; foi o que se deu com um advogado, em quem reconheceu um tal conjunto de qualidades morais e mentais, que era perigoso deixá-lo na rua. Mandou prendê-lo; mas o agente, desconfiado, pediu-lhe para fazer uma experiência; foi ter com um compadre, **demandado** por um testamento falso, e deu-lhe de conselho que tomasse por advogado o Salustiano; era o nome da pessoa em questão.

— Então, parece-lhe...?

— Sem dúvida: vá, confesse tudo, a verdade inteira, seja qual for, e confie-lhe a causa.

Asno de Buridan: referência à parábola criada pelo filósofo Jean Buridan (1300-1358), na qual um asno acaba morrendo de fome e de sede por não saber escolher entre a aveia e a água, ambas colocadas a igual distância dele. É uma ilustração do problema do livre-arbítrio.

Pusilânime: covarde.

Demandado: processado.

O homem foi ter com o advogado, confessou ter falsificado o testamento, e acabou pedindo que lhe tomasse a causa. Não se negou o advogado, estudou os papéis, **arrazoou** longamente, e provou a todas as luzes que o testamento era mais que verdadeiro. A inocência do réu foi solenemente proclamada pelo juiz, e a herança passou-lhe às mãos. O distinto jurisconsulto deveu a esta experiência a liberdade. Mas nada escapa a um espírito original e penetrante. Simão Bacamarte, que desde algum tempo notava o zelo, a sagacidade, a paciência, a moderação daquele agente, reconheceu a habilidade e o tino com que ele levara a cabo uma experiência tão melindrosa e complicada, e determinou recolhê-lo imediatamente à Casa Verde; deu-lhe, todavia, um dos melhores cubículos.

Os alienados foram alojados por classes. Fez-se uma galeria de modestos, isto é, dos loucos em quem predominava esta perfeição moral; outra de tolerantes, outra de verídicos, outra de **símplices**, outra de leais, outra de magnânimos, outra de sagazes, outra de sinceros, etc. Naturalmente, as famílias e os amigos dos reclusos bradavam contra a teoria; e alguns tentaram compelir a Câmara a cassar a licença. A Câmara, porém, não esquecera a linguagem do vereador Galvão, e se cassasse a licença, vê-lo-ia na rua, e restituído ao lugar; pelo que, recusou. Simão Bacamarte oficiou aos vereadores, não agradecendo, mas felicitando-os por esse ato de vingança pessoal.

Desenganados da legalidade, alguns principais da vila recorreram secretamente ao barbeiro Porfírio e afiançaram-lhe todo o apoio de gente, dinheiro e influência na corte, se ele se pusesse à testa de outro movimento contra a Câmara e o alienista. O barbeiro respondeu-lhes que não; que a ambição o levara da primeira vez a transgredir as leis, mas que ele se emendara, reconhecendo o erro próprio e a pouca consistência da opinião dos seus mesmos sequazes; que a Câmara entendera autorizar a nova experiência do alienista, por

Arrazoou: argumentou.

Símplices: simples.

um ano: cumpria, ou esperar o fim do prazo, ou requerer ao vice-rei, caso a mesma Câmara rejeitasse o pedido. Jamais aconselharia o emprego de um recurso que ele viu falhar em suas mãos, e isso a troco de mortes e ferimentos que seriam o seu eterno remorso.

— O que é que me está dizendo? — perguntou o alienista quando um agente secreto lhe contou a conversação do barbeiro com os principais da vila.

Dois dias depois o barbeiro era recolhido à Casa Verde. — Preso por ter cão, preso por não ter cão! — exclamou o infeliz.

Chegou o fim do prazo, a Câmara autorizou um prazo suplementar de seis meses para ensaio dos meios terapêuticos. O desfecho deste episódio da irônica itaguaiense é de tal ordem, e tão inesperado, que merecia nada menos de dez capítulos de exposição; mas contento-me com um, que será o remate da narrativa, e um dos mais belos exemplos de convicção científica e **abnegação** humana.

13. *Plus Ultra!*

Era a vez da terapêutica. Simão Bacamarte, ativo e sagaz em descobrir enfermos, excedeu-se ainda na diligência e penetração com que principiou a tratá-los. Neste ponto todos os cronistas estão de pleno acordo: o ilustre alienista fez curas **pasmosas**, que excitaram a mais viva admiração em Itaguaí.

Com efeito, era difícil imaginar mais racional sistema terapêutico. Estando os loucos divididos por classes, segundo a perfeição moral que em cada um deles excedia às outras, Simão Bacamarte cuidou em atacar de frente a qualidade predominante. Suponhamos um modesto. Ele aplicava a medicação que pudesse incutir-lhe o sentimento oposto; e não ia logo às doses máximas — graduava-as, conforme o estado, a idade, o temperamento, a posição social do enfermo. Às vezes

Abnegação: altruísmo, desprendimento, ausência total de egoísmo.

Plus ultra! **(em latim): ainda mais, sempre além.**

Pasmosas: espantosas.

bastava uma casaca, uma fita, uma cabeleira, uma bengala, para restituir a razão ao alienado; em outros casos a moléstia era mais rebelde; recorria então aos anéis de brilhantes, às distinções honoríficas, etc. Houve um doente, poeta, que resistiu a tudo. Simão Bacamarte começava a desesperar da cura, quando teve ideia de mandar correr matraca, para o fim de o apregoar como um rival de **Garção** e de **Píndaro**.

— Foi um santo remédio — contava a mãe do infeliz a uma comadre —, foi um santo remédio.

Outro doente, também modesto, opôs a mesma rebeldia à medicação; mas não sendo escritor (mal sabia assinar o nome), não se lhe podia aplicar o remédio da matraca. Simão Bacamarte lembrou-se de pedir para ele o lugar de secretário da Academia dos Encobertos estabelecida em Itaguaí. Os lugares de presidente e secretários eram de nomeação régia, por especial graça do finado rei D. João V, e implicavam o tratamento de Excelência e o uso de uma placa de ouro no chapéu. O governo de Lisboa recusou o diploma; mas representando o alienista que o não pedia como prêmio honorífico ou distinção legítima, e somente como um meio terapêutico para um caso difícil, o governo cedeu excepcionalmente à súplica; e ainda assim não o fez sem extraordinário esforço do ministro de marinha e ultramar, que vinha a ser primo do alienado. Foi outro santo remédio.

— Realmente, é admirável! — dizia-se nas ruas, ao ver a expressão sadia e enfunada dos dois ex-dementes.

Tal era o sistema. Imagina-se o resto. Cada beleza moral ou mental era atacada no ponto em que a perfeição parecia mais sólida; e o efeito era certo. Nem sempre era certo. Casos houve em que a qualidade predominante resistia a tudo; então, o alienista atacava outra parte, aplicando à terapêutica o método da estratégia militar, que toma uma fortaleza por um ponto, se por outro o não pode conseguir.

No fim de cinco meses e meio estava vazia a Casa Verde; todos curados! O vereador Galvão tão cruelmen-

Garção (1724-1772): poeta português.

Píndaro (518-438 a.C.): poeta grego.

te afligido de moderação e equidade, teve a felicidade de perder um tio; digo felicidade, porque o tio deixou um testamento ambíguo, e ele obteve uma boa interpretação, corrompendo os juízes, e embaçando os outros herdeiros. A sinceridade do alienista manifestou-se nesse lance; confessou ingenuamente que não teve parte na cura: foi a simples ***vis medicatrix*** da natureza. Não aconteceu o mesmo com o Padre Lopes. Sabendo o alienista que ele ignorava perfeitamente o hebraico e o grego, incumbiu-o de fazer uma análise crítica da **versão dos Setenta**; o padre aceitou a incumbência, e em boa hora o fez; ao cabo de dois meses possuía um livro e a liberdade. Quanto à senhora do boticário, não ficou muito tempo na célula que lhe coube, e onde, aliás, lhe não faltaram carinhos.

— Por que é que o Crispim não vem visitar-me? — dizia ela todos os dias.

Respondiam-lhe ora uma coisa, ora outra; afinal disseram-lhe a verdade inteira. A digna matrona não pôde conter a indignação e a vergonha. Nas explosões da cólera escaparam-lhe expressões soltas e vagas, como estas:

— Tratante!... velhaco!... ingrato!... Um patife que tem feito casas à custa de unguentos falsificados e podres... Ah! tratante!...

Simão Bacamarte advertiu que, ainda quando não fosse verdadeira a acusação contida nestas palavras, bastavam elas para mostrar que a excelente senhora estava enfim restituída ao perfeito desequilíbrio das faculdades; e prontamente lhe deu alta.

Agora, se imaginais que o alienista ficou radiante ao ver sair o último hóspede da Casa Verde, mostrais com isso que ainda não conheceis o nosso homem. *Plus ultra!* era a sua divisa. Não lhe bastava ter descoberto a teoria verdadeira da loucura; não o contentava ter estabelecido em Itaguaí o reinado da razão. *Plus ultra!* Não ficou alegre, ficou preocupado, cogitativo; alguma coisa lhe dizia que a teoria nova tinha, em si mesma, outra e novíssima teoria.

Vis medicatrix (em latim): **força medicinal.**

Versão dos Setenta: **uma das mais famosas versões da Bíblia, preparada, segundo a tradição, por setenta sábios, em Alexandria. Cada um deles trabalhou individualmente no material, tendo chegado aos mesmos resultados. Para fazer a análise crítica que o alienista lhe pede, o padre Lopes precisava conhecer muito bem o hebraico e o grego. Como ele não dominava essas línguas mas aceitou a tarefa, mostrou seu desequilíbrio; portanto, para o alienista, estava curado.**

"Vejamos", pensava ele, "vejamos se chego enfim à última verdade".

Dizia isto, passeando ao longo da vasta saia, onde fulgurava a mais rica biblioteca dos domínios ultramarinos de Sua Majestade. Um amplo chambre de damasco, preso à cintura por um cordão de seda, com borlas de ouro (presente de uma universidade) envolvia o corpo majestoso e austero do ilustre alienista. A cabeleira cobria-lhe uma extensa e nobre calva adquirida nas cogitações quotidianas da ciência. Os pés, não delgados e femininos, não graúdos e **mariolas**, mas proporcionados ao vulto, eram resguardados por um par de sapatos cujas fivelas não passavam de simples e modesto latão. Vede a diferença: — só se lhe notava luxo naquilo que era de origem científica; o que propriamente vinha dele trazia cor da moderação e da singeleza, virtudes tão ajustadas à pessoa de um sábio.

Era assim que ele ia, o grande alienista, de um cabo a outro da vasta biblioteca, metido em si mesmo, estranho a todas as coisas que não fosse o tenebroso problema da patologia cerebral. Súbito, parou. Em pé, diante de uma janela, com o cotovelo esquerdo apoiado na mão direita, aberta, e o queixo na mão esquerda, fechada, perguntou ele a si:

— Mas deveras estariam eles doidos, e foram curados por mim — ou o que pareceu cura não foi mais do que a descoberta do perfeito desequilíbrio do cérebro?

E cavando por aí abaixo, eis o resultado a que chegou: os cérebros bem organizados que ele acabava de curar eram tão desequilibrados como os outros. Sim, dizia ele consigo, eu não posso ter a pretensão de haver-lhes incutido um sentimento ou uma faculdade nova; uma e outra coisa existiam no estado latente, mas existiam.

Chegado a esta conclusão, o ilustre alienista teve duas sensações contrárias, uma de gozo, outra de abatimento. A de gozo foi por ver que, ao cabo de longas e pacientes investigações, constantes trabalhos, luta

Mariolas: atrevidos.

ingente com o povo, podia afirmar esta verdade: — não havia loucos em Itaguaí; Itaguaí não possuía um só mentecapto. Mas tão depressa esta ideia lhe refrescara a alma, outra apareceu que neutralizou o primeiro efeito; foi a ideia da dúvida. Pois quê! Itaguaí não possuiria um único cérebro concertado? Esta conclusão tão absoluta não seria por isso mesmo errônea, e não vinha, portanto, destruir o largo e majestoso edifício da nova doutrina psicológica?

A aflição do egrégio Simão Bacamarte é definida pelos cronistas itaguaienses como uma das mais medonhas tempestades morais que têm desabado sobre o homem. Mas as tempestades só aterram os fracos; os fortes enrijam-se contra elas e fitam o trovão. Vinte minutos depois alumiou-se a fisionomia do alienista de uma suave claridade.

"Sim, há de ser isso", pensou ele.

Isso é isto*. Simão Bacamarte achou em si os característicos do perfeito equilíbrio mental e moral; pareceu-lhe que possuía a sagacidade, a paciência, a perseverança, a tolerância, a veracidade, o vigor moral, a lealdade, todas as qualidades enfim que podem formar um acabado mentecapto. Duvidou logo, é certo, e chegou mesmo a concluir que era ilusão; mas sendo homem prudente, resolveu convocar um conselho de amigos, a quem interrogou com franqueza. A opinião foi afirmativa.

— Nenhum defeito?

— Nenhum — disse em coro a assembleia.

— Nenhum vício?

— Nada.

— Tudo perfeito?

— Tudo.

— Não, impossível — bradou o alienista. — Digo que não sinto em mim essa superioridade que acabo de ver definir com tanta magnificência. A simpatia é que vos faz falar. Estudo-me e nada acho que justifique os excessos da vossa bondade.

Ingente: **imensa.**

*** Observe o jogo de palavras com os pronomes demonstrativos. *Isso* é o que ele acabou de pensar; *isto* é o que vai ser explicado em seguida.**

A assembleia insistiu; o alienista resistiu; finalmente o Padre Lopes explicou tudo com este conceito digno de um observador:

— Sabe a razão por que não vê as suas elevadas qualidades, que aliás todos nós admiramos? É porque tem ainda uma qualidade que realça as outras: a modéstia.

Era decisivo. Simão Bacamarte curvou a cabeça, juntamente alegre e triste, e ainda mais alegre do que triste. Ato contínuo, recolheu-se à Casa Verde. Em vão a mulher e os amigos lhe disseram que ficasse, que estava perfeitamente são e equilibrado: nem rogos nem sugestões nem lágrimas o detiveram um só instante.

— A questão é científica — dizia ele —, trata-se de uma doutrina nova, cujo primeiro exemplo sou eu. Reúno em mim mesmo a teoria e a prática.

— Simão! Simão! meu amor! — dizia-lhe a esposa com o rosto lavado em lágrimas.

Mas o ilustre médico, com os olhos acesos da convicção científica, trancou os ouvidos à saudade da mulher, e brandamente a repeliu. Fechada a porta da Casa Verde, entregou-se ao estudo e à cura de si mesmo. Dizem os cronistas que ele morreu dali a dezessete meses, no mesmo estado em que entrou, sem ter podido alcançar nada. Alguns chegam ao ponto de conjecturar que nunca houve outro louco, além dele, em Itaguaí; mas esta opinião, fundada em um boato que correu desde que o alienista expirou, não tem outra prova, senão o boato; e boato duvidoso, pois é atribuído ao Padre Lopes, que com tanto fogo realçara as qualidades do grande homem. Seja como for, efetuou-se o enterro com muita pompa e rara solenidade.

TEORIA DO MEDALHÃO

Diálogo

— Estás com sono?

— Não, senhor.

— Nem eu; conversemos um pouco. Abre a janela. Que horas são?

— Onze.

— Saiu o último conviva do nosso modesto jantar. Com que, meu peralta, chegaste aos teus vinte e um anos. Há vinte e um anos, no dia 5 de agosto de 1854, vinhas tu à luz, um pirralho de nada, e estás homem, longos bigodes, alguns namoros...

— Papai...

— Não te ponhas com denguices, e falemos como dois amigos sérios. Fecha aquela porta; vou dizer-te coisas importantes. Senta-te e conversemos. Vinte e um anos, algumas apólices, um diploma, podes entrar no parlamento, na magistratura, na imprensa, na lavoura, na indústria, no comércio, nas letras ou nas artes. Há infinitas carreiras diante de ti. Vinte e um anos, meu rapaz, formam apenas a primeira sílaba do nosso destino. Os mesmos **Pitt** e **Napoleão**, apesar de precoces, não foram tudo aos vinte e um anos. Mas, qualquer que seja a profissão da tua escolha, o meu desejo é que te faças grande e ilustre, ou pelo menos notável, que te levantes acima da obscuridade comum. A vida, Janjão, é uma enorme loteria; os prêmios são poucos, os **malogrados** inúmeros, e com os suspiros de uma geração é que se amassam as esperanças de outra. Isto é a vida; não há **planger**, nem **imprecar**, mas aceitar as coisas integralmente, com seus ônus e percalços, glórias e **desdouros**, e ir por diante.

— Sim, senhor.

— Entretanto, assim como é de boa economia guardar um pão para a velhice, assim também é de boa prática social **acautelar** um ofício para a hipótese de que os outros falhem, ou não indenizem suficientemente

William Pitt (1759-1806): foi um estadista inglês.

Napoleão Bonaparte (1769-1821): general e imperador francês.

Malogrados: os que falharam.

Planger: chorar, lamentar.

Imprecar: xingar, maldizer.

Desdouros: desonras.

Acautelar: ter reservado.

o esforço da nossa ambição. E isto o que te aconselho hoje, dia da tua maioridade.

— Creia que lhe agradeço; mas que ofício, não me dirá?

— Nenhum me parece mais útil e **cabido** que o de **medalhão**. Ser medalhão foi o sonho da minha mocidade; faltaram-me, porém, as instruções de um pai, e acabo como vês, sem outra consolação e relevo moral, além das esperanças que deposito em ti. Ouve-me bem, meu querido filho, ouve-me e entende. És moço, tens naturalmente o ardor, a exuberância, os improvisos da idade; não os rejeites, mas modera-os de modo que aos quarenta e cinco anos possas entrar francamente no **regime do aprumo e do compasso**. O sábio que disse: "a gravidade é um mistério do corpo", definiu a compostura do medalhão. Não confundas essa gravidade com aquela outra que, embora resida no aspecto, é um puro reflexo ou emanação do espírito; essa é do corpo, tão somente do corpo, um sinal da natureza ou um jeito da vida. Quanto à idade de quarenta e cinco anos...

— É verdade, por que quarenta e cinco anos?

— Não é, como podes supor, um limite arbitrário, filho do puro capricho; é a data normal do fenômeno. Geralmente, o verdadeiro medalhão começa a manifestar-se entre os quarenta e cinco e cinquenta anos, conquanto alguns exemplos se deem entre os cinquenta e cinco e os sessenta; mas estes são raros. Há-os também de quarenta anos, e outros mais precoces, de trinta e cinco e de trinta; não são, todavia, vulgares. Não falo dos de vinte e cinco anos: esse madrugar é privilégio do gênio.

— Entendo.

— Venhamos ao principal. Uma vez entrado na carreira, deves pôr todo o cuidado nas ideias que houveres de nutrir para uso alheio e próprio. O melhor será não as ter absolutamente; coisa que entenderás bem, imaginando, por exemplo, um ator **defraudado do uso de um braço**. Ele pode, por um milagre de artifício, dissimular o defeito aos olhos da plateia; mas era muito melhor dispor dos dois. O mesmo se dá com as ideias; po-

Cabido: conveniente.

Medalhão: nesse conto, esse termo se refere a uma pessoa sem valor real, nem talento, nem originalidade, cuja importância ou fama provém da habilidade em imitar ou aproveitar o que já encontra feito.

Regime do aprumo e do compasso: vida regrada e equilibrada, sem os ímpetos da mocidade.

Defraudado do uso de um braço: que perdeu um braço.

de-se, com violência, abafá-las, escondê-las até à morte; mas nem essa habilidade é comum, nem tão constante esforço conviria ao exercício da vida.

— Mas quem lhe diz que eu...

— Tu, meu filho, se me não engano, pareces dotado da perfeita **inópia** mental, conveniente ao uso deste nobre ofício. Não me refiro tanto à fidelidade com que repetes numa sala as opiniões ouvidas numa esquina, e vice-versa, porque esse fato, posto indique certa carência de ideias, ainda assim pode não passar de uma traição da memória. Não; refiro-me ao gesto correto e perfilado com que usas **expender** francamente as tuas simpatias ou antipatias acerca do corte de um colete, das dimensões de um chapéu, do ranger ou **calar** das botas novas. Eis aí um sintoma eloquente, eis aí uma esperança. No entanto, podendo acontecer que, com a idade, venhas a ser afligido de algumas ideias próprias, urge aparelhar fortemente o espírito. As ideias são de sua natureza espontâneas e súbitas; por mais que as **sofremos**, elas irrompem e precipitam-se. Daí a certeza com que o **vulgo**, cujo faro é extremamente delicado, distingue o medalhão completo do medalhão incompleto.

— Creio que assim seja; mas um tal obstáculo é invencível.

— Não é; há um meio; é lançar mão de um regime debilitante, ler compêndios de retórica, ouvir certos discursos, etc. O **voltarete**, o dominó e o ***whist*** são remédios aprovados. O *whist* tem até a rara vantagem de acostumar ao silêncio, que é a forma mais acentuada da **circunspecção**. Não digo o mesmo da natação, da equitação e da ginástica, embora elas façam repousar o cérebro; mas por isso mesmo que o fazem repousar, restituem-lhe as forças e a atividade perdidas. O bilhar é excelente.

— Como assim, se também é um exercício corporal?

— Não digo que não, mas há coisas em que a observação desmente a teoria. Se te aconselho excepcionalmente o bilhar é porque as estatísticas mais escrupulosas mostram que três quartas partes dos habituados do taco partilham as opiniões do mesmo taco*. O passeio

Inópia: penúria, indigência.

Expender: expor.

Calar: não ranger.

Sofremos: evitemos.

Vulgo: o povo, as pessoas comuns.

Voltarete: certo jogo de cartas.

***Whist:* jogo de cartas de origem inglesa.**

Circunspecção: seriedade.

*** Observe a ironia aguda desse comentário. Os viciados em bilhar acabam se transformando em tacos de bilhar...**

Mormente: sobretudo, principalmente.

Mesclar-te aos pasmatórios: misturar-se aos que andam à toa pelas ruas, olhando tudo com cara de pasmados, espantados.

Às escâncaras: à vista de todos.

Louis Charles John Robert de Mazade (1820-1893): historiador e jornalista francês. Foi editor da *Revista dos Dois Mundos*, que surgiu na França em 1829 com o objetivo de tratar de assuntos políticos, científicos, literários e históricos. Foi uma publicação muito lida no Rio de Janeiro.

Tíbio: escasso, pobre.

Hidra de Lerna: monstro mitológico de várias cabeças morto por Hércules.

Cabeça de Medusa: monstro mitológico cujos cabelos eram serpentes. Com seu olhar, podia petrificar quem a encarasse.

Tonel das Danaides: irmãs criminosas condenadas pelos deuses gregos a encherem eternamente de água um tonel sem fundo.

Asas de Ícaro: segundo a mitologia grega, Ícaro e seu pai Dédalo conseguiram fugir do labirinto do Minotauro com asas feitas de penas de pássaros coladas com cera. Mas Ícaro voou muito alto e o sol derreteu suas asas. Enquanto seu pai se salvou, ele caiu no mar e se afogou.

Desar: constrangimento.

Brocardos: provérbios.

nas ruas, **mormente** nas de recreio e parada é utilíssimo, com a condição de não andares desacompanhado, porque a solidão é oficina de ideias, e o espírito deixado a si mesmo, embora no meio da multidão, pode adquirir uma tal ou qual atividade.

— Mas se eu não tiver à mão um amigo apto e disposto a ir comigo?

— Não faz mal; tens o valente recurso de **mesclar-te aos pasmatórios**, em que toda a poeira da solidão se dissipa. As livrarias, ou por causa da atmosfera do lugar, ou por qualquer outra razão que me escapa, não são propícias ao nosso fim; e, não obstante, há grande conveniência em entrar por elas, de quando em quando, não digo às ocultas, mas **às escâncaras**. Podes resolver a dificuldade de um modo simples: vai ali falar do boato do dia, da anedota da semana, de um contrabando, de uma calúnia, de um cometa, de qualquer coisa, quando não prefiras interrogar diretamente os leitores habituais das belas crônicas de **Mazade**; 75 por cento desses estimáveis cavalheiros repetir-te-ão as mesmas opiniões, e uma tal monotonia é grandemente saudável. Com este regime, durante oito, dez, dezoito meses — suponhamos dois anos —, reduzes o intelecto, por mais pródigo que seja, à sobriedade, à disciplina, ao equilíbrio comum. Não trato do vocabulário, porque ele está subentendido no uso das ideias; há de ser naturalmente simples, **tíbio**, apoucado, sem notas vermelhas, sem cores de clarim...

— Isto é o diabo! Não poder adornar o estilo, de quando em quando...

— Podes; podes empregar umas quantas figuras expressivas, a **hidra de Lerna**, por exemplo, a **cabeça de Medusa**, o **tonel das Danaides**, as **asas de Ícaro**, e outras, que românticos, clássicos e realistas empregam sem **desar**, quando precisam delas. Sentenças latinas, ditos históricos, versos célebres, **brocardos** jurídicos, máximas, é de bom aviso trazê-los contigo para os discursos de sobremesa, de felicitação, ou de agradecimento. ***Caveant, consules*** é um excelente fecho de artigo político; o mesmo direi do ***Si vis pacem para bellum***. Alguns costumam renovar o sabor de uma citação intercalando-a numa frase nova, original e bela, mas não te aconselho esse artifício; seria desnaturar-lhe as graças **vetustas**. Melhor do que tudo isso, porém, que afinal não passa de mero adorno, são as frases feitas, as locuções convencionais, as fórmulas consagradas pelos anos, incrustadas na memória individual e pública. Essas fórmulas têm a vantagem de não obrigar os outros a um esforço inútil. Não as relaciono agora, mas fá-lo-ei por escrito. De resto, o mesmo ofício te irá ensinando os elementos dessa arte difícil de pensar o pensado. Quanto à utilidade de um tal sistema, basta figurar uma hipótese. Faz-se uma lei, executa-se, não produz efeito, subsiste o mal. Eis aí uma questão que pode aguçar as curiosidades vadias, dar ensejo a um **inquérito pedantesco**, a uma coleta fastidiosa de documentos e observações, análise das causas prováveis, causas certas, causas possíveis, um estudo infinito das aptidões do sujeito reformado, da natureza do mal, da manipulação do remédio, das circunstâncias da aplicação; matéria, enfim, para todo um **andaime** de palavras, conceitos, e desvarios. Tu poupas aos teus semelhantes todo esse imenso **arranzel**, tu dizes simplesmente: Antes das leis, reformemos os costumes! — E esta frase sintética, transparente, límpida, **tirada ao pecúlio comum**, resolve mais depressa o problema, entra pelos espíritos como um jorro súbito de sol.

— Vejo por aí que vosmecê condena toda e qualquer aplicação de processos modernos.

— Entendamo-nos. Condeno a aplicação, louvo a denominação. O mesmo direi de toda a recente terminologia científica; deves decorá-la. Conquanto o **rasgo** peculiar do medalhão seja uma certa atitude de deus **Término**, e as ciências sejam obra do movimento humano, como tens de ser medalhão mais tarde, convém tomar as armas do teu tempo. E de duas uma: — ou elas estarão usadas e divulgadas daqui a trinta anos, ou conservar-se-ão novas: no primeiro caso, pertencem-te de foro próprio; no segundo,

Caveant, consules **(em latim): cuidado, cônsules.**

Si vis pacem para bellum **(em latim): se queres a paz, prepara a guerra.**

Vetustas: antigas.

Inquérito pedantesco: nesta passagem, tem o sentido de pesquisa pedante, cheia de detalhes.

Andaime: neste contexto, significa construção elaborada.

Arranzel (ou aranzel): discussão confusa e sem proveito.

Tirada ao pecúlio comum: tirada do saber popular, que pertence a todos.

Rasgo: manifestação.

Término ou Termo: um dos deuses da mitologia romana, protetor dos limites.

podes ter a **coquetice** de as trazer, para mostrar que também és pintor. **De oitiva**, com o tempo, irás sabendo a que leis, casos e fenômenos responde toda essa terminologia; porque o método de interrogar os próprios mestres e oficiais da ciência, nos seus livros, estudos e memórias, além de tedioso e cansativo, traz o perigo de inocular ideias novas, e é radicalmente falso. Acresce que no dia em que viesses a **assenhorear-te** do espírito daquelas leis e fórmulas, serias provavelmente levado a empregá-las com um tal ou qual comedimento, como a costureira — esperta e afreguesada, — que, segundo um poeta clássico,

Quanto mais pano tem, mais poupa o corte,
Menos monte ***alardeia*** *de retalhos;*

e este fenômeno, tratando-se de um medalhão, é que não seria científico.

— Upa! que a profissão é difícil.

— E ainda não chegamos ao cabo.

— Vamos a ele.

— Não te falei ainda dos benefícios da publicidade. A publicidade é uma dona **loureira** e senhoril, que tu deves **requestar** à força de pequenos mimos, **confeitos**, **almofadinhas**, coisas miúdas, que antes exprimem a constância do afeto do que o atrevimento e a ambição. Que **D. Quixote** solicite os favores dela mediante ações heroicas ou custosas é um **sestro** próprio desse ilustre **lunático**. O verdadeiro medalhão tem outra política. Longe de inventar um *Tratado Científico da Criação dos Carneiros*, compra um carneiro e dá-o aos amigos sob a forma de um jantar, cuja notícia não pode ser indiferente aos seus concidadãos. Uma notícia traz outra; cinco, dez, vinte vezes põe o teu nome ante os olhos do mundo. Comissões ou deputações para felicitar um agraciado, um benemérito, um forasteiro, têm singulares merecimentos, e assim as irmandades e associações diversas, sejam mitológicas, **cinegéticas ou coreográficas**. Os sucessos de certa ordem, embora de pouca **monta**, podem ser **trazidos a lume**, contanto que ponham em relevo a tua pes-

Coquetice: afetação, capricho.

De oitiva: de ouvido.

Assenhorear-te: tornar-se senhor; dominar.

Alardeia: exibe.

Loureira: sedutora.

Requestar: conquistar.

Confeitos: doces.

Almofadinhas: sachês, saquinhos com substâncias aromáticas para perfumar roupas.

D. Quixote: personagem criado pelo escritor espanhol Miguel de Cervantes (1547-1616).

Sestro: mania.

Lunático: louco.

Cinegéticas ou coreográficas: de caça ou de dança.

Monta: importância.

Trazidos a lume: trazidos à luz, isto é, divulgados.

soa. Explico-me. Se caíres de um carro, sem outro dano, além do susto, é útil mandá-lo dizer aos quatro ventos, não pelo fato em si, que é insignificante, mas pelo efeito de recordar um nome caro às afeições gerais. Percebeste?

— Percebi.

— Essa é publicidade constante, barata, fácil, de todos os dias; mas há outra. Qualquer que seja a teoria das artes, é fora de dúvida que o sentimento da família, a amizade pessoal e a estima pública instigam à reprodução das feições de um homem amado ou benemérito. Nada **obsta** a que sejas objeto de uma tal distinção, principalmente se a sagacidade dos amigos não achar em ti repugnância. Em semelhante caso, não só as regras da mais vulgar polidez mandam aceitar o retrato ou o **busto**, como seria **desazado** impedir que os amigos o expusessem em qualquer casa pública. Dessa maneira o nome fica ligado à pessoa; os que houverem lido o teu recente discurso (suponhamos) na sessão inaugural da União dos Cabeleireiros, reconhecerão na compostura das feições o autor dessa obra grave, em que a "alavanca do progresso" e "o suor do trabalho" vencem as "**fauces hiantes**" da miséria. No caso de que uma comissão te leve à casa o retrato, deves agradecer-lhe o obséquio com um discurso cheio de gratidão e um copo d'água: é uso antigo, razoável e honesto. Convidarás então os melhores amigos, os parentes, e, se for possível, uma ou duas pessoas de representação. Mais. Se esse dia é um dia de glória ou regozijo, não vejo que possas, decentemente, recusar um lugar à mesa aos ***reporters*** dos jornais. Em todo o caso, se as obrigações desses cidadãos os retiverem noutra parte, podes ajudá-los de certa maneira, redigindo tu mesmo, a notícia da festa; e, dado que por um tal ou qual escrúpulo, aliás desculpável, não queiras com a própria mão anexar ao teu nome os qualificativos dignos dele, incumbe a notícia a algum amigo ou parente.

— Digo-lhe que o que vosmecê me ensina não é nada fácil.

— Nem eu te digo outra coisa. É difícil, come tempo, muito tempo, leva anos, paciência, trabalho, e felizes os

Obsta: impede.

Busto: escultura que representa a cabeça, o pescoço e parte do peito de uma pessoa.

Desazado: impróprio.

Fauces hiantes: gargantas famintas.

Reporters **(em inglês):** repórteres.

que chegam a entrar na terra prometida! Os que lá não penetram, engole-os a obscuridade. Mas os que triunfam! E tu triunfarás, crê-me. Verás cair as muralhas de Jericó ao som das trompas sagradas*. Só então poderás dizer que estás fixado. Começa nesse dia a tua fase de ornamento indispensável, de figura obrigada, de rótulo. Acabou-se a necessidade de farejar ocasiões, comissões, irmandades; elas virão ter contigo, com o seu ar pesadão e cru de substantivos desadjetivados, e tu serás o adjetivo dessas orações opacas, o *odorífero* das flores, o ***anilado** dos céus*, o *prestimoso* dos cidadãos, o *noticioso* e *suculento dos relatórios*. E ser isso é o principal, porque o adjetivo é a alma do idioma, a sua porção idealista e metafísica. O substantivo é a realidade nua e crua, é o naturalismo do vocabulário.

— E parece-lhe que todo esse ofício é apenas um sobressalente para os déficits da vida?

— Decerto; não fica excluída nenhuma outra atividade.

— Nem política?

— Nem política. Toda a questão é não infringir as regras e obrigações capitais. Podes pertencer a qualquer partido, liberal ou conservador, republicano ou ultramontano, com a cláusula única de não ligar nenhuma ideia especial a esses vocábulos, e reconhecer-lhe somente a utilidade do ***scibboleth*** bíblico.

— Se for ao parlamento, posso ocupar a tribuna?

— Podes e deves; é um modo de convocar a atenção pública. Quanto à matéria dos discursos, tens à escolha: — ou os negócios miúdos, ou a metafísica política, mas prefere a metafísica. Os negócios miúdos, força é confessá-lo, não desdizem daquela chateza de bom-tom, própria de um medalhão acabado; mas, se puderes, adota a metafísica; — é mais fácil e mais atraente. Supõe que desejas saber por que motivo a 7ª companhia de infantaria foi transferida de Uruguaiana para Canguçu; serás ouvido tão somente pelo Ministro da Guerra, que te explicará em dez minutos as razões desse ato. Não assim a metafísica. Um discurso de metafísica política apaixona naturalmente os partidos e o público, chama os apartes

*** Alusão irônica ao episódio narrado na Bíblia segundo o qual Josué mandou seus soldados marcharem e tocarem trompas insistentemente em volta das muralhas de Jericó, fazendo com que elas caíssem. Metaforicamente, significa conquistar a vitória por meio de esforço e persistência.**

Anilado: azulado.

***Scibboleth* (em hebraico): palavra cuja pronúncia foi usada como senha pelos homens de Jefté para identificar e capturar os guerreiros de Efraim, seus inimigos. Essas lutas, travadas na antiga Palestina, estão narradas na Bíblia (Juízes 12:4-6).**

e as respostas. E depois não obriga a pensar e descobrir. Nesse ramo dos conhecimentos humanos tudo está achado, formulado, rotulado, encaixotado; é só prover os **alforjes** da memória. Em todo caso, não transcendas nunca os limites de uma invejável vulgaridade.

— Farei o que puder. Nenhuma imaginação?

— Nenhuma; antes faze correr o boato de que um tal dom é ínfimo.

— Nenhuma filosofia?

— Entendamo-nos: no papel e na língua alguma, na realidade nada. "Filosofia da história", por exemplo, é uma locução que deves empregar com frequência, mas proíbo-te que chegues a outras conclusões que não sejam as já achadas por outros. Foge a tudo que possa cheirar a reflexão, originalidade, etc., etc.

— Também ao riso?

— Como ao riso?

— Ficar sério, muito sério...

— Conforme. Tens um gênio folgazão, prazenteiro, não hás de **sofreá-lo** nem eliminá-lo; podes brincar e rir alguma vez. Medalhão não quer dizer melancólico. Um grave pode ter seus momentos de expansão alegre. Somente — e este ponto é melindroso...

— Diga.

— Somente não deves empregar a ironia, esse movimento ao canto da boca, cheio de mistérios, inventado por algum grego da decadência, contraído por Luciano, transmitido a Swift e Voltaire*, feição própria dos céticos e desabusados. Não. Usa antes a **chalaça**, a nossa boa chalaça amiga, gorducha, redonda, franca, sem **biocos**, nem véus, que se mete pela cara dos outros, estala como uma palmada, faz pular o sangue nas veias, e arrebentar de riso os suspensórios. Usa a chalaça. Que é isto?

— Meia-noite.

— Meia-noite? Entras nos teus vinte e dois anos, meu peralta; estás definitivamente maior. Vamos dormir, que é tarde. Rumina bem o que te disse, meu filho. Guardadas as proporções, a conversa desta noite vale ***O Príncipe*** de Machiavelli. Vamos dormir.

Alforjes: sacos ou bolsas de viagem.

Sofreá-lo: reprimi-lo.

*** Referência a escritores que se tornaram famosos por sua ironia: o grego Luciano de Samósata (125-pouco depois de 181), o irlandês Jonathan Swift (1667-1745) e o francês Voltaire (1694-1778).**

Chalaça: gracejo grosseiro.

Biocos: disfarces.

***O Príncipe*: obra política do italiano Niccolò Machiavelli (1469-1527), na qual são dados conselhos realistas aos governantes sobre a melhor forma de dirigir os negócios do Estado e manter-se no poder.**

D. PAULA

Não era possível chegar mais **a ponto**. D. Paula entrou na sala, exatamente quando a sobrinha enxugava os olhos cansados de chorar. Compreende-se o assombro da tia. Entender-se-á também o da sobrinha, em se sabendo que D. Paula vive no alto da Tijuca, donde raras vezes desce; a última foi pelo Natal passado, e estamos em maio de 1882. Desceu ontem, à tarde, e foi para casa da irmã, Rua do Lavradio. Hoje, tão depressa almoçou, vestiu-se e correu a visitar a sobrinha. A primeira escrava que a viu, quis ir avisar a senhora, mas D. Paula ordenou-lhe que não, e foi pé ante pé, muito devagar, para impedir o rumor das saias, abriu a porta da sala de visitas, e entrou.

— Que é isto? — exclamou.

Venancinha atirou-se-lhe aos braços, as lágrimas vieram-lhe de novo. A tia beijou-a muito, abraçou-a, disse-lhe palavras de conforto, e pediu, e quis que lhe contasse o que era, se alguma doença, ou...

— Antes fosse uma doença! antes fosse a morte! — interrompeu a moça.

— Não digas tolices; mas que foi? anda, que foi?

Venancinha enxugou os olhos e começou a falar. Não pôde ir além de cinco ou seis palavras; as lágrimas tornaram, tão abundantes e impetuosas, que D. Paula achou de bom aviso deixá-las correr primeiro. **Entretanto**, foi tirando a capa de rendas pretas que a envolvia, e descalçando as luvas. Era uma bonita velha, elegante, dona de um par de olhos grandes, que deviam ter sido infinitos. Enquanto a sobrinha chorava, ela foi **cerrar** cautelosamente a porta da sala, e voltou ao canapé. No fim de alguns minutos, Venancinha cessou de chorar, e confiou à tia o que era.

Era nada menos que uma briga com o marido, tão violenta, que chegaram a falar de separação. A causa eram ciúmes. Desde muito que o marido embirrava

A ponto: em boa hora.

Entretanto: nesse meio tempo.

Cerrar: fechar.

com um sujeito; mas na véspera à noite, em casa do C..., vendo-a dançar com ele duas vezes e conversar alguns minutos, concluiu que eram namorados. Voltou amuado para casa; de manhã, acabado o almoço, a cólera estourou, e ele disse-lhe coisas duras e amargas, que ela repeliu com outras.

— Onde está teu marido? — perguntou a tia.

— Saiu; parece que foi para o escritório.

D. Paula perguntou-lhe se o escritório era ainda o mesmo, e disse-lhe que descansasse, que não era nada; dali a duas horas tudo estaria acabado. Calçava as luvas rapidamente.

— Titia vai lá?

— Vou... Pois então? Vou. Teu marido é bom; são **arrufos**. **104**? Vou lá; espera por mim, que as escravas não te vejam.

Tudo isso era dito com **volubilidade**, confiança e doçura. Calçadas as luvas, pôs o **mantelete**, e a sobrinha ajudou-a, falando também, jurando que, apesar de tudo, adorava o Conrado. Conrado era o marido, advogado desde 1874. D. Paula saiu, levando muitos beijos da moça. Na verdade, não podia chegar mais a ponto. De caminho, parece que ela encarou o incidente, não digo desconfiada, mas curiosa, um pouco inquieta da realidade positiva; em todo caso ia resoluta a reconstruir a paz doméstica.

Chegou, não achou o sobrinho no escritório, mas ele veio logo, e, passado o primeiro espanto, não foi preciso que D. Paula lhe dissesse o objeto da visita; Conrado adivinhou tudo. Confessou que fora excessivo em algumas coisas, e, por outro lado, não atribuía à mulher nenhuma índole perversa ou viciosa. Só isso; no mais, era uma cabeça de vento, muito amiga de cortesias, de olhos ternos, de palavrinhas doces, e a leviandade também é uma das portas do vício. Em relação à pessoa de quem se tratava, não tinha dúvida de que eram namorados. Venancinha contara só o fato da véspera; não referiu outros, quatro ou cinco, o penúltimo no teatro,

Arrufos: discussões sem importância entre pessoas que se querem bem.

104: Alusão ao número da rua onde ficava o escritório.

Volubilidade: liberdade, franqueza.

Mantelete: capa curta feminina.

onde chegou a haver tal ou qual escândalo. Não estava disposto a cobrir com a sua responsabilidade os **desazos** da mulher. Que namorasse, mas por conta própria.

D. Paula ouviu tudo, calada; depois falou também. Concordava que a sobrinha fosse leviana; era próprio da idade. Moça bonita não sai à rua sem atrair os olhos, e é natural que a admiração dos outros a lisonjeie. Também é natural que o que ela fizer de lisonjeada pareça aos outros e ao marido um princípio de namoro: a **fatuidade** de um e o ciúme do outro explicam tudo. Pela parte dela, acabava de ver a moça chorar lágrimas sinceras; deixou-a **consternada**, falando de morrer, abatida com o que ele lhe dissera. E se ele próprio só lhe atribuía leviandade, por que não proceder com cautela e doçura, por meio de conselho e de observação, poupando-lhe as ocasiões, apontando-lhe o mal que fazem à reputação de uma senhora as aparências de acordo, de simpatia, de boa vontade para os homens?

Não gastou menos de vinte minutos a boa senhora em dizer essas coisas mansas, **com tão boa sombra**, que o sobrinho sentiu apaziguar-se lhe o coração. Resistia, é verdade; duas ou três vezes, para não resvalar na indulgência, declarou à tia que entre eles tudo estava acabado. E, para animar-se, evocava mentalmente as razões que tinha contra a mulher. A tia, porém, abaixava a cabeça para deixar passar a onda, e surgia outra vez com os seus grandes olhos sagazes e teimosos. Conrado ia cedendo aos poucos e mal. Foi então que D. Paula propôs um meio-termo.

— Você perdoa-lhe, fazem as pazes, e ela vai estar comigo na Tijuca, um ou dois meses; uma espécie de **desterro**. Eu, durante este tempo, encarrego-me de lhe pôr ordem no espírito. Valeu*?

Conrado aceitou. D. Paula, tão depressa obteve a palavra, despediu-se para levar a boa nova à outra; Conrado acompanhou-a até à escada. Apertaram as mãos; D. Paula não soltou a dele sem lhe repetir os conselhos de brandura e prudência; depois, fez esta reflexão natural:

Desazo: falta de juízo.

Fatuidade: vaidade.

Consternada: triste.

Com tão boa sombra: com bom semblante.

Desterro: exílio.

* Observe que o emprego coloquial desse verbo, com o sentido de "estar de acordo", já era usual no tempo de Machado de Assis.

— E vão ver que o homem de quem se trata nem merece um minuto dos nossos cuidados...

— É um tal Vasco Maria Portela...

D. Paula empalideceu. Que Vasco Maria Portela? Um velho, antigo diplomata, que... Não, esse estava na Europa desde alguns anos, aposentado, e acabava de receber um título de barão. Era um filho dele, chegado de pouco, um **pelintra**... D. Paula apertou-lhe a mão, e desceu rapidamente. No corredor, sem ter necessidade de ajustar a capa, fê-lo durante alguns minutos, com a mão trêmula e um pouco de alvoroço na fisionomia. Chegou mesmo a olhar para o chão, refletindo. Saiu; foi ter com a sobrinha, levando a reconciliação e a cláusula. Venancinha aceitou tudo.

Dois dias depois foram a Tijuca. Venancinha ia menos alegre do que prometera; provavelmente era o exílio, ou pode ser também que algumas saudades. Em todo caso, o nome de Vasco subiu a Tijuca, se não em ambas as cabeças, ao menos na da tia, onde era uma espécie de eco, um som remoto e brando, alguma coisa que parecia vir do tempo da **Stoltz** e do **ministério Paraná**. Cantora e ministério, coisas frágeis, não o eram menos que a ventura de ser moça, e onde iam essas três eternidades? Jaziam nas ruínas de trinta anos. Era tudo o que D. Paula tinha em si e diante de si.

Já se entende que o outro Vasco, o antigo, também foi moço e amou. Amaram-se, fartaram-se um do outro, à sombra do casamento, durante alguns anos, e, como o vento que passa não guarda a palestra dos homens, não há meio de escrever aqui o que então se disse da aventura. A aventura acabou; foi uma sucessão de horas doces e amargas, de delícias, de lágrimas, de cóleras, de arroubos, drogas várias com que encheram a esta senhora a taça das paixões. D. Paula esgotou-a inteira e emborcou-a depois para não mais beber. A saciedade trouxe-lhe a abstinência*, e com o tempo foi esta última fase que fez a opinião. Morreu-lhe o marido e foram vindo os anos. D. Paula era agora uma pessoa austera e **pia**, cheia de prestígio e consideração.

Pelintra: rapaz metido a conquistador; malandrinho.

Stoltz: Alusão à cantora lírica francesa Rosine Stoltz (1815-1903), que fez muito sucesso no Rio de Janeiro, no século XIX.

Ministério Paraná: ministério formado muitos anos antes do período em que ocorre a ação do conto (1882).

* D. Paula, quando moça e casada, saciou-se, fartou-se desse amor adúltero com o outro Vasco, o pai desse rapaz. Depois desse caso, ela não procurou outros amores.

Pia: piedosa, religiosa.

A sobrinha é que lhe levou o pensamento ao passado. Foi a presença de uma situação análoga, de mistura com o nome e o sangue do mesmo homem, que lhe acordou algumas velhas lembranças. Não esqueçam que elas estavam na Tijuca, que iam viver juntas algumas semanas, e que uma obedecia à outra; era tentar e desafiar a memória.

— Mas nós **deveras** não voltamos à cidade tão cedo? — perguntou Venancinha rindo, no outro dia de manhã.

— Já estás aborrecida?

— Não, não, isso nunca, mas pergunto...

D. Paula, rindo também, fez com o dedo um gesto negativo; depois, perguntou-lhe se tinha saudades cá de baixo. Venancinha respondeu que nenhumas; e para dar mais força à resposta, acompanhou-a de um descair dos cantos da boca, a modo de indiferença e desdém. Era pôr demais na carta, D. Paula tinha o bom costume de não ler às carreiras, como quem vai salvar o pai da forca, mas devagar, enfiando os olhos entre as sílabas e entre as letras, para ver tudo, e achou que o gesto da sobrinha era excessivo.

"Eles amam-se!", pensou ela.

A descoberta avivou o espírito do passado. D. Paula forcejou por sacudir fora essas memórias importunas; elas, porém, voltavam, ou de manso ou de assalto, como raparigas que eram, cantando, rindo, fazendo o diabo. D. Paula tornou aos seus bailes de outro tempo, às suas eternas valsas que faziam pasmar a toda a gente, às **mazurcas**, que ela metia à cara da sobrinha como sendo a mais graciosa coisa do mundo, e aos teatros, e às cartas, e vagamente, aos beijos; mas tudo isso — e esta é a situação — tudo isso era como as frias crônicas, esqueleto da história, sem a alma da história. Passava-se tudo na cabeça. D. Paula tentava emparelhar o coração com o cérebro, a ver se sentia alguma coisa além da pura repetição mental, mas, por mais que evocasse as comoções extintas, não lhe voltava nenhuma. Coisas truncadas!

Deveras: de fato.

Mazurca: certo tipo de dança de origem polonesa, popular nos bailes do Rio de Janeiro.

Se ela conseguisse espiar para dentro do coração da sobrinha, pode ser que achasse ali a sua imagem, e então... Desde que esta ideia penetrou no espírito de D. Paula, complicou-lhe um pouco a obra de reparação e cura. Era sincera, tratava da alma da outra, queria vê-la restituída ao marido. Na constância do pecado é que se pode desejar que outros pequem também, para descer de companhia ao purgatório; mas aqui o pecado já não existia. D. Paula mostrava à sobrinha a superioridade do marido, as suas virtudes e assim também as paixões, que podiam dar um mau desfecho ao casamento, pior que trágico, o repúdio.

Conrado, na primeira visita que lhes fez, nove dias depois, confirmou a advertência da tia; entrou frio e saiu frio. Venancinha ficou aterrada. Esperava que os nove dias de separação tivessem abrandado o marido, e, em verdade, assim era; mas ele mascarou-se à entrada e conteve-se para não capitular. E isto foi mais salutar que tudo o mais. O terror de perder o marido foi o principal elemento de restauração. O próprio desterro não pôde tanto.

Vai senão quando, dois dias depois daquela visita, estando ambas ao portão da chácara, prestes a sair para o passeio do costume, viram vir um cavaleiro. Venancinha fixou a vista, deu um pequeno grito, e correu a esconder-se atrás do muro. D. Paula compreendeu e ficou. Quis ver o cavaleiro de mais perto; viu-o dali a dois ou três minutos, um **galhardo** rapaz, elegante, com as suas finas botas lustrosas, muito bem-posto no selim; tinha a mesma cara do outro Vasco, era o filho; o mesmo jeito da cabeça, um pouco à direita, os mesmos ombros largos, os mesmos olhos redondos e profundos.

Nessa mesma noite, Venancinha contou-lhe tudo, depois da primeira palavra que ela lhe arrancou. Tinham-se visto nas corridas, uma vez, logo que ele chegou da Europa. Quinze dias depois, foi-lhe apresentado em um baile, e pareceu-lhe tão bem, com um ar tão parisiense, que ela falou dele, na manhã seguinte, ao marido. Conrado franziu o **sobrolho**, e foi este gesto que lhe

Galhardo: distinto, vistoso.

Sobrolho: sobrancelha.

deu uma ideia que até então não tinha. Começou a vê-lo com prazer; daí a pouco com certa ansiedade. Ele falava-lhe respeitosamente, dizia-lhe coisas amigas, que ela era a mais bonita moça do Rio, e a mais elegante, que já em Paris ouvira elogiá-la muito, por algumas senhoras da família Alvarenga. Tinha graça em criticar os outros, e sabia dizer também umas palavras sentidas, como ninguém. Não falava de amor, mas perseguia-a com os olhos, e ela, por mais que afastasse os seus, não podia afastá-los de todo. Começou a pensar nele, **amiudadamente**, com interesse, e quando se encontravam, batia-lhe muito o coração; pode ser que ele lhe visse então, no rosto, a impressão que fazia.

D. Paula, inclinada para ela, ouvia essa narração, que aí fica apenas resumida e coordenada. Tinha toda a vida nos olhos; a boca meio aberta parecia beber as palavras da sobrinha, ansiosamente, como um **cordial**. E pedia-lhe mais, que lhe contasse tudo, tudo. Venancinha criou confiança. O ar da tia era tão jovem, a **exortação** tão meiga e cheia de um perdão antecipado, que ela achou ali uma confidente e amiga, não obstante algumas frases severas que lhe ouviu, mescladas às outras, por um motivo de inconsciente hipocrisia. Não digo cálculo; D. Paula enganava-se a si mesma. Podemos compará-la a um general inválido, que forceja por achar um pouco do antigo ardor na audiência de outras campanhas.

— Já vês que teu marido tinha razão — dizia ela —; foste imprudente, muito imprudente...

Venancinha achou que sim, mas jurou que estava tudo acabado.

— Receio que não. Chegaste a amá-lo deveras?

— Titia...

— Tu ainda gostas dele!

— Juro que não. Não gosto; mas confesso... sim... confesso que gostei... Perdoe-me tudo; não diga nada a Conrado; estou arrependida... Repito que a princípio um pouco fascinada... Mas que quer a senhora?

— Ele declarou-te alguma coisa?

Amiudadamente: frequentemente.

Cordial: bebida ou medicamento que reanima.

Exortação: pedido.

— Declarou; foi no teatro, uma noite, no Teatro Lírico, à saída. Tinha costume de ir buscar-me ao camarote e conduzir-me até o carro; e foi à saída... duas palavras...

D. Paula não perguntou, por pudor, as próprias palavras do namorado, mas imaginou as circunstâncias, o corredor, os pares que saíam, as luzes, a multidão, o rumor das vozes, e teve o poder de representar, com o quadro, um pouco das sensações dela; e pediu-lhas com interesse, astutamente.

— Não sei o que senti — acudiu a moça cuja comoção crescente ia desatando a língua —; não me lembro dos primeiros cinco minutos. Creio que fiquei séria; em todo o caso, não lhe disse nada. Pareceu-me que toda gente olhava para nós, que teriam ouvido, e quando alguém me cumprimentava sorrindo, dava-me ideia de estar caçoando. Desci as escadas não sei como, entrei no carro sem saber o que fazia; ao apertar-lhe a mão, afrouxei bem os dedos. Juro-lhe que não queria ter ouvido nada. Conrado disse-me que tinha sono, e encostou-se ao fundo do carro; foi melhor assim, porque eu não sei que diria, se tivéssemos de ir conversando. Encostei-me também, mas por pouco tempo; não podia estar na mesma posição. Olhava para fora através dos vidros, e via só o clarão dos lampiões, de quando em quando, e afinal nem isso mesmo; via os corredores do teatro, as escadas, as pessoas todas, e ele ao pé de mim, cochichando as palavras, duas palavras só, e não posso dizer o que pensei em todo esse tempo; tinha as ideias baralhadas, confusas, uma revolução em mim...

— Mas, em casa?

— Em casa, despindo-me, é que pude refletir um pouco, mas muito pouco. Dormi tarde, e mal. De manhã, tinha a cabeça aturdida. Não posso dizer que estava alegre nem triste; lembro-me que pensava muito nele, e para **arredá-lo** prometi a mim mesma revelar tudo ao Conrado; mas o pensamento voltava outra vez. De quando em quando, parecia-me escutar a voz dele, e estremecia. Cheguei a lembrar-me que, à despedida, lhe dera os dedos frouxos, e sentia, não sei como diga, uma

Arredá-lo: **tirá-lo da cabeça.**

espécie de arrependimento, um medo de o ter ofendido... e depois vinha o desejo de o ver outra vez... Perdoe-me, titia; a senhora é que quer que lhe conte tudo.

A resposta de D. Paula foi apertar-lhe muito a mão e fazer um gesto de cabeça. Afinal achava alguma coisa de outro tempo, ao contato daquelas sensações ingenuamente narradas. Tinha os olhos, ora meio cerrados, na sonolência da recordação, — ora aguçados de curiosidade e calor, e ouvia tudo, dia por dia, encontro por encontro, a própria cena do teatro, que a sobrinha a princípio lhe ocultara. E vinha tudo o mais, horas de ânsia, de saudade, de medo, de esperança, desalentos, dissimulações, ímpetos, toda a agitação de uma criatura em tais circunstâncias, nada dispensava a curiosidade insaciável da tia. Não era um livro, não era sequer um capítulo de adultério, mas um prólogo — interessante e violento.

Venancinha acabou. A tia não lhe disse nada, deixou-se estar metida em si mesma; depois acordou, pegou-lhe na mão e puxou-a. Não lhe falou logo; fitou primeiro, e de perto, toda essa mocidade, inquieta e palpitante, a boca fresca, os olhos ainda infinitos, e só voltou a si quando a sobrinha lhe pediu outra vez perdão. D. Paula disse-lhe tudo o que a ternura e a austeridade da mãe lhe poderia dizer, falou-lhe de castidade, de amor ao marido, de respeito público; foi tão eloquente que Venancinha não pôde conter-se, e chorou.

Veio o chá, mas não há chá possível depois de certas confidências. Venancinha recolheu-se logo, e, como a luz era agora maior, saiu da sala com os olhos baixos, para que o criado lhe não visse a comoção. D. Paula ficou diante da mesa e do criado. Gastou vinte minutos, ou pouco menos, em beber uma xícara de chá e roer um biscoito, e apenas ficou só, foi encostar-se à janela, que dava para a chácara.

Ventava um pouco, as folhas moviam-se sussurrando, e, conquanto não fossem as mesmas do outro tempo, ainda assim perguntavam-lhe: "Paula, você lembra-se do outro tempo?" Que esta é a particularidade das folhas, as gerações que passam contam às que chegam as coisas que viram, e é assim que todas sabem tudo e perguntam por tudo. Você lembra-se do outro tempo?

Lembrar, lembrava; mas aquela sensação de há pouco, reflexo apenas, tinha agora cessado. Em vão repetia as palavras da sobrinha, farejando o ar agreste da noite: era só na cabeça que achava algum vestígio, reminiscências, coisas truncadas. O coração empacara de novo; o sangue ia outra vez com a andadura do costume. Faltava-lhe o contato moral da outra. E continuava, apesar de tudo, diante da noite, que era igual às outras noites de então, e nada tinha que se parecesse com as do tempo da Stoltz e do Marquês de Paraná; mas continuava, e lá dentro as pretas espalhavam o sono contando anedotas, e diziam, uma ou outra vez, impacientes:

— Sinhá velha hoje deita tarde como diabo!

UNS BRAÇOS

Inácio estremeceu, ouvindo os gritos do **solicitador**, recebeu o prato que este lhe apresentava e tratou de comer, debaixo de uma trovoada de nomes, malandro, cabeça de vento, estúpido, maluco.

— Onde anda que nunca ouve o que lhe digo? Hei de contar tudo a seu pai, para que lhe sacuda a preguiça do corpo com uma boa vara de marmelo, ou um pau; sim, ainda pode apanhar, não pense que não. Estúpido! maluco!

— Olhe que lá fora é isto mesmo que você vê aqui — continuou, voltando-se para D. Severina, senhora que vivia com ele maritalmente, há anos. — Confunde-me os papéis todos, erra as casas, vai a um escrivão em vez de ir a outro, troca os advogados: é o diabo! É o tal sono pesado e contínuo. De manhã é o que se vê; primeiro que acorde é preciso quebrar-lhe os ossos... Deixe; amanhã hei de acordá-lo a pau de vassoura!

D. Severina tocou-lhe no pé, como pedindo que acabasse. Borges **espeitorou** ainda alguns **impropérios**, e ficou em paz com Deus e os homens.

Não digo que ficou em paz com o menino, porque o nosso Inácio não era propriamente menino. Tinha quinze anos feitos e bem feitos. Cabeça inculta, mas bela, olhos de rapaz que sonha, que adivinha, que indaga, que quer saber e não acaba de saber nada. Tudo isso posto sobre um corpo não destituído de graça, ainda que mal vestido. O pai é barbeiro na Cidade Nova, e pô-lo de agente, escrevente, ou que quer que era, do solicitador Borges, com esperança de vê-lo no **foro**, porque lhe parecia que os procuradores de causas ganhavam muito. Passava-se isto na Rua da Lapa, em 1870.

Durante alguns minutos não se ouviu mais que o tinir dos talheres e o ruído da mastigação. Borges abarrotava-se de alface e vaca; interrompia-se para virgular a oração com um gole de vinho e continuava logo calado.

Solicitador: aquele que, sem ser diplomado, exerce a função de advogado.

Espeitorou: disse.

Impropérios: xingamentos.

Foro: fórum, local onde funcionam os tribunais.

Inácio ia comendo devagarinho, não ousando levantar os olhos do prato, nem para colocá-los onde eles estavam no momento em que o temível Borges o **descompôs**. Verdade é que seria agora muito arriscado. Nunca ele pôs os olhos nos braços de D. Severina que se não esquecesse de si e de tudo.

Também a culpa era antes de D. Severina em trazê-los assim nus, constantemente. Usava mangas curtas em todos os vestidos de casa, meio palmo abaixo do ombro; dali em diante ficavam-lhe os braços à mostra. Na verdade, eram belos e cheios, em harmonia com a dona, que era antes grossa que fina, e não perdiam a cor nem a maciez por viverem ao ar; mas é justo explicar que ela os não trazia assim por faceira, senão porque já gastara todos os vestidos de mangas compridas. De pé, era muito vistosa; andando, tinha meneios engraçados; ele, entretanto, quase que só a via à mesa, onde, além dos braços, mal poderia mirar-lhe o busto. Não se pode dizer que era bonita; mas também não era feia. Nenhum adorno; o próprio penteado consta de mui pouco; alisou os cabelos, apanhou-os, atou-os e fixou-os no alto da cabeça com o pente de tartaruga que a mãe lhe deixou. Ao pescoço, um lenço escuro, nas orelhas, nada. Tudo isso com vinte e sete anos floridos e sólidos.

Acabaram de jantar. Borges, vindo o café, tirou quatro charutos da **algibeira**, comparou-os, apertou-os entre os dedos, escolheu um e guardou os restantes. Aceso o charuto, fincou os cotovelos na mesa e falou a D. Severina de trinta mil coisas que não interessavam nada ao nosso Inácio, mas enquanto falava, não o descompunha e ele podia **devanear à larga**.

Inácio demorou o café o mais que pôde. Entre um e outro gole, alisava a toalha, arrancava dos dedos pedacinhos de pele imaginários, ou passava os olhos pelos quadros da sala de jantar, que eram dois, um S. Pedro e um S. João, registros trazidos de festas e encaixilhados em casa. Vá que disfarçasse com S. João, cuja cabeça moça alegra as imaginações católicas; mas com o aus-

Descompôs: xingou.

Algibeira: bolso.

Devanear à larga: sonhar à vontade.

tero S. Pedro era demais. A única defesa do moço Inácio é que ele não via nem um nem outro; passava os olhos por ali como por nada. Via só os braços de D. Severina — ou porque sorrateiramente olhasse para eles, ou porque andasse com eles impressos na memória.

— Homem, você não acaba mais? — bradou de repente o solicitador.

Não havia remédio; Inácio bebeu a última gota, já fria, e retirou-se, como de costume, para o seu quarto, nos fundos da casa. Entrando, fez um gesto de zanga e desespero e foi depois encostar-se a uma das duas janelas que davam para o mar. Cinco minutos depois, a vista das águas próximas e das montanhas ao longe restituía-lhe o sentimento confuso, vago, inquieto, que lhe doía e fazia bem, alguma coisa que deve sentir a planta, quando abotoa a primeira flor. Tinha vontade de ir embora e de ficar. Havia cinco semanas que ali morava, e a vida era sempre a mesma, sair de manhã com o Borges, andar por audiências e cartórios, correndo, levando papéis ao selo, ao distribuidor, aos escrivães, aos oficiais de justiça. Voltava à tarde, jantava e recolhia-se ao quarto, até a hora da ceia; ceava e ia dormir. Borges não lhe dava intimidade na família, que se compunha apenas de D. Severina, nem Inácio a via mais de três vezes por dia, durante as refeições. Cinco semanas de solidão, de trabalho sem gosto, longe da mãe e das irmãs; cinco semanas de silêncio, porque ele só falava uma ou outra vez na rua; em casa, nada.

"Deixe estar", pensou ele, "um dia fujo daqui e não volto mais".

Não foi; sentiu-se agarrado e acorrentado pelos braços de D. Severina. Nunca vira outros tão bonitos e tão frescos. A educação que tivera não lhe permitia encará-los logo abertamente, parece até que a princípio afastava os olhos, vexado. Encarou-os pouco a pouco, ao ver que eles não tinham outras mangas, e assim os foi descobrindo, mirando e amando. No fim de três semanas eram eles, moralmente falando, as suas tendas de repouso. Aguentava toda a trabalheira de fora, toda a melancolia da solidão e do silêncio, toda a grosseria do patrão, pela única paga de ver, três vezes por dia, o famoso par de braços.

Naquele dia, enquanto a noite ia caindo e Inácio estirava-se na rede (não tinha ali outra cama), D. Severina, na sala da frente, recapitulava o episódio do jantar e, pela primeira vez, desconfiou alguma coisa. Rejeitou a ideia logo, uma criança! Mas há ideias que são da família das moscas teimosas: por mais que a gente as sacuda, elas tornam e pousam. Criança? Tinha quinze anos; e ela advertiu que entre o nariz e a boca do rapaz havia um princípio de rascunho de buço. Que admira que começasse a amar? E não era ela bonita? Esta outra ideia não foi rejeitada, antes afagada e beijada. E recordou então os modos dele, os esquecimentos, as distrações, e mais um incidente, e mais outro, tudo eram sintomas, e concluiu que sim.

— Que é que você tem? — disse-lhe o solicitador, estirado no canapé, ao cabo de alguns minutos de pausa.

— Não tenho nada.

— Nada? Parece que cá em casa anda tudo dormindo! Deixem estar, que eu sei de um bom remédio para tirar o sono aos dorminhocos...

E foi por ali, no mesmo tom zangado, fuzilando ameaças, mas realmente incapaz de as cumprir, pois era antes grosseiro que mau. D. Severina interrompia-o que não, que era engano, não estava dormindo, estava pensando na comadre Fortunata. Não a visitavam desde o Natal; por que não iriam lá uma daquelas noites? Borges **redarguia** que andava cansado, trabalhava como um negro, não estava para **visitas de parola**; e descompôs a comadre, descompôs o compadre, descompôs o afilhado, que não ia ao colégio, com dez anos! Ele, Borges, com dez anos, já sabia ler, escrever e contar, não muito bem, é certo, mas sabia. Dez anos! Havia de ter um bonito fim: — vadio, e o **côvado** e meio nas costas. A **tarimba** é que viria ensiná-lo.

D. Severina apaziguava-o com desculpas, a pobreza da comadre, o **caiporismo** do compadre, e fazia-lhe carinhos, **a medo**, que eles podiam irritá-lo mais. A noite caíra de todo; ela ouviu o *tlic* do lampião do gás da rua, que acabavam de acender, e viu o clarão dele nas janelas da casa fronteira. Borges, cansado do dia, pois era realmente um trabalhador de primeira ordem, foi fechando os olhos e pegando no sono, e deixou-a só na sala, às escuras, consigo e com a descoberta que acabava de fazer.

Tudo parecia dizer à dama que era verdade; mas essa verdade, desfeita a impressão do assombro, trouxe-lhe uma complicação moral, que ela só conheceu pelos efeitos, não achando meio de discernir o que era. Não podia entender-se nem equilibrar-se, chegou a pensar em dizer tudo ao solicitador, e ele que mandasse embora o fedelho. Mas que era tudo? Aqui estacou: realmente, não havia mais que suposição, coincidência

Redarguia: respondia.

Visitas de parola: visitas de conversa fiada.

Côvado: antiga medida de comprimento, igual a 66 centímetros. Nesta passagem, é uma alusão a alguma vara de castigo que era aplicada aos vadios.

Tarimba: cama dura e desconfortável de quartéis, postos de guarda etc.

Caiporismo: azar.

A medo: com hesitação, medrosamente.

e possivelmente ilusão. Não, não, ilusão não era. E logo recolhia os indícios vagos, as atitudes do mocinho, o acanhamento, as distrações, para rejeitar a ideia de estar enganada. Daí a pouco, (**capciosa natureza!**) refletindo que seria mau acusá-lo sem fundamento, admitiu que se iludisse, para o único fim de observá-lo melhor e averiguar bem a realidade das coisas.

Já nessa noite, D. Severina mirava por baixo dos olhos os gestos de Inácio; não chegou a achar nada, porque o tempo do chá era curto e o rapazinho não tirou os olhos da xícara. No dia seguinte pôde observar melhor, e nos outros otimamente. Percebeu que sim, que era amada e temida, amor adolescente e virgem, retido pelos **liames** sociais e por um sentimento de inferioridade que o impedia de reconhecer-se a si mesmo. D. Severina compreendeu que não havia recear nenhum desacato, e concluiu que o melhor era não dizer nada ao solicitador, poupava-lhe um desgosto, e outro à pobre criança. Já se persuadia bem que ele era criança, e assentou de o tratar tão secamente como até ali, ou ainda mais. E assim fez; Inácio começou a sentir que ela fugia com os olhos, ou falava áspero, quase tanto como o próprio Borges. De outras vezes, é verdade que o tom da voz saía brando e até meigo, muito meigo; assim como o olhar, geralmente esquivo, tanto errava por outras partes, que, para descansar, vinha pousar na cabeça dele; mas tudo isso era curto.

— Vou-me embora — repetia ele na rua como nos primeiros dias.

Chegava a casa e não se ia embora. Os braços de D. Severina fechavam-lhe um parêntesis no meio do longo e **fastidioso** período da vida que levava, e essa oração intercalada trazia uma ideia original e profunda, inventada pelo céu unicamente para ele. Deixava-se estar e ia andando. Afinal, porém, teve de sair, e para nunca mais; eis aqui como e por quê.

D. Severina tratava-o desde alguns dias com benignidade. A rudeza da voz parecia acabada, e havia mais do que brandura, havia **desvelo** e carinho. Um dia reco-

Capciosa natureza: astuciosa natureza. Isto é, Severina parece arranjar uma desculpa para observar o rapaz e ser observada por ele.

Liames: laços.

Fastidioso: monótono.

Desvelo: cuidado.

mendava-lhe que não apanhasse ar, outro que não bebesse água fria depois do café quente, conselhos, lembranças, cuidados de amiga e mãe, que lhe lançaram na alma ainda maior inquietação e confusão. Inácio chegou ao extremo de confiança de rir um dia à mesa, coisa que jamais fizera; e o solicitador não o tratou mal dessa vez, porque era ele que contava um caso engraçado e ninguém pune a outro pelo aplauso que recebe. Foi então que D. Severina viu que a boca do mocinho, graciosa estando calada, não o era menos quando ria.

A agitação de Inácio ia crescendo, sem que ele pudesse acalmar-se nem entender-se. Não estava bem em parte nenhuma. Acordava de noite, pensando em D. Severina. Na rua, trocava de esquinas, errava as portas, muito mais que dantes, e não via mulher, ao longe ou ao perto, que lha não trouxesse à memória. Ao entrar no corredor da casa, voltando do trabalho, sentia sempre algum alvoroço, às vezes grande, quando dava com ela no topo da escada, olhando através das grades de pau da **cancela**, como tendo acudido a ver quem era.

Um domingo — nunca ele esqueceu esse domingo — estava só no quarto, à janela, virado para o mar, que lhe falava a mesma linguagem obscura e nova de D. Severina. Divertia-se em olhar para as gaivotas, que faziam grandes giros no ar, ou pairavam em cima d'água, ou avoaçavam somente. O dia estava lindíssimo. Não era só um domingo cristão; era um imenso domingo universal.

Inácio passava-os todos ali no quarto ou à janela, ou relendo um dos três folhetos que trouxera consigo, contos de outros tempos, comprados a tostão, debaixo do **passadiço** do Largo do Paço. Eram duas horas da tarde. Estava cansado, dormira mal a noite, depois de haver andado muito na véspera; estirou-se na rede, pegou em um dos folhetos, a *Princesa Magalona*, e começou a ler. Nunca pôde entender por que é que todas as heroínas dessas velhas histórias tinham a mesma cara e talhe de D. Severina, mas a verdade é que os tinham. Ao cabo de meia hora, deixou cair o folheto e pôs os olhos na pa-

Cancela: portinha com grade, geralmente de madeira.

Passadiço: corredor.

rede, donde, cinco minutos depois, viu sair a dama dos seus cuidados. O natural era que se espantasse; mas não se espantou. Embora com as pálpebras cerradas, viu-a desprender-se de todo, parar, sorrir e andar para a rede. Era ela mesma; eram os seus mesmos braços.

É certo, porém, que D. Severina, tanto não podia sair da parede, dado que houvesse ali porta ou rasgão, que estava justamente na sala da frente ouvindo os passos do solicitador que descia as escadas. Ouviu-o descer; foi à janela vê-lo sair e só se recolheu quando ele se perdeu ao longe, no caminho da Rua das Mangueiras. Então entrou e foi sentar-se no canapé. Parecia fora do natural, inquieta, maluca; levantando-se, foi pegar na jarra que estava em cima do aparador e deixou-a no mesmo lugar; depois caminhou até à porta, deteve-se e voltou, ao que parece, sem plano. Sentou-se outra vez, cinco ou dez minutos. De repente lembrou-se que Inácio comera pouco ao almoço e tinha o ar abatido, e advertiu que podia estar doente; podia ser até que estivesse muito mal.

Saiu da sala, atravessou **rasgadamente** o corredor e foi até o quarto do mocinho, cuja porta achou escancarada. D. Severina parou, espiou, deu com ele na rede, dormindo, com o braço para fora e o folheto caído no chão. A cabeça inclinava-se um pouco do lado da porta, deixando ver os olhos fechados, os cabelos revoltos e um grande ar de riso e de beatitude.

D. Severina sentiu bater-lhe o coração com veemência e recuou. Sonhara de noite com ele; pode ser que ele estivesse sonhando com ela. Desde madrugada que a figura do mocinho andava-lhe diante dos olhos como uma tentação diabólica. Recuou ainda, depois voltou, olhou dois, três, cinco minutos, ou mais. Parece que o sono dava à adolescência de Inácio uma expressão mais acentuada, quase feminina, quase pueril. Uma criança! disse ela a si mesma, naquela língua sem palavras que todos trazemos conosco. E esta ideia abateu-lhe o alvoroço do sangue e dissipou-lhe em parte a **turvação** dos sentidos.

— Uma criança!

Rasgadamente: rapidamente.

Turvação: perturbação.

E mirou-o lentamente, fartou-se de vê-lo, com a cabeça inclinada, o braço caído; mas, ao mesmo tempo que o achava criança, achava-o bonito, muito mais bonito que acordado, e uma dessas ideias corrigia ou corrompia a outra. De repente estremeceu e recuou assustada: ouvira um ruído ao pé, na saleta do engomado; foi ver, era um gato que deitara uma tigela ao chão. Voltando devagarinho a espiá-lo, viu que dormia profundamente. Tinha o sono duro a criança! O rumor que a abalara tanto, não o fez sequer mudar de posição. E ela continuou a vê-lo dormir — dormir e talvez sonhar.

Que não possamos ver os sonhos uns dos outros! D. Severina ter-se-ia visto a si mesma na imaginação do rapaz; ter-se-ia visto diante da rede, risonha e parada; depois inclinar-se, pegar-lhe nas mãos, levá-las ao peito, cruzando ali os braços, os famosos braços. Inácio, namorado deles, ainda assim ouvia as palavras dela, que eram lindas, **cálidas**, principalmente novas — ou, pelo menos, pertenciam a algum idioma que ele não conhecia, posto que o entendesse. Duas, três e quatro vezes a figura **esvaía-se**, para tornar logo, vindo do mar ou de outra parte, entre gaivotas, ou atravessando o corredor, com toda a graça robusta de que era capaz. E tornando, inclinava--se, pegava-lhe outra vez das mãos e cruzava ao peito os braços, até que, inclinando-se, ainda mais, muito mais, **abrochou** os lábios e deixou-lhe um beijo na boca.

Aqui o sonho coincidiu com a realidade, e as mesmas bocas uniram-se na imaginação e fora dela. A diferença é que a visão não recuou, e a pessoa real tão depressa cumprira o gesto, como fugiu até à porta, vexada e medrosa. Dali passou à sala da frente, aturdida do que fizera, sem olhar fixamente para nada. **Afiava o ouvido**, ia até o fim do corredor, a ver se escutava algum rumor que lhe dissesse que ele acordara, e só depois de muito tempo é que o medo foi passando. Na verdade, a criança tinha o sono duro; nada lhe abria os olhos, nem os **fracassos contíguos**, nem os beijos de verdade. Mas, se o medo foi passando, o vexame ficou e cresceu. D. Severina não aca-

Cálidas: quentes.

Esvaía-se: desaparecia.

Abrochou: apertou.

Afiava o ouvido: prestava atenção.

Fracassos: barulhos.

Contíguos: próximos.

bava de crer que fizesse aquilo; parece que embrulhara os seus desejos na ideia de que era uma criança namorada que ali estava, sem consciência nem **imputação**; e, meia mãe, meia amiga, inclinara-se e beijara-o. Fosse como fosse, estava confusa, irritada, aborrecida, mal consigo e mal com ele. O medo de que ele podia estar fingindo que dormia apontou-lhe na alma e deu-lhe um calafrio.

Mas a verdade é que dormiu ainda muito, e só acordou para jantar. Sentou-se à mesa, lépido. Conquanto achasse D. Severina calada e severa e o solicitador tão ríspido como nos outros dias, nem a rispidez de um, nem a severidade da outra podiam dissipar-lhe a visão graciosa que ainda trazia consigo, ou amortecer-lhe a sensação do beijo. Não reparou que D. Severina tinha um xale que lhe cobria os braços; reparou depois, na segunda-feira, e na terça-feira, também, e até sábado, que foi o dia em que Borges mandou dizer ao pai que não podia ficar com ele; e não o fez zangado, porque o tratou relativamente bem e ainda lhe disse à saída:

— Quando precisar de mim para alguma coisa, procure-me.

— Sim, senhor. A Sra. D. Severina...

— Está lá para o quarto, com muita dor de cabeça. Venha amanhã ou depois despedir-se dela.

Inácio saiu sem entender nada. Não entendia a despedida, nem a completa mudança de D. Severina, em relação a ele, nem o xale, nem nada. Estava tão bem! falava-lhe com tanta amizade! Como é que, de repente... Tanto pensou que acabou supondo de sua parte algum olhar indiscreto, alguma distração que a ofendera; não era outra coisa; e daqui a cara fechada e o xale que cobria os braços tão bonitos... Não importa; levava consigo o sabor do sonho. E através dos anos, por meio de outros amores, mais efetivos e longos, nenhuma sensação achou nunca igual à daquele domingo, na Rua da Lapa, quando ele tinha quinze anos. Ele mesmo exclamava às vezes, sem saber que se engana:

— E foi um sonho! um simples sonho!

Imputação: culpa.

A SEGUNDA VIDA

Monsenhor Caldas interrompeu a narração do desconhecido:

— Dá licença? é só um instante.

Levantou-se, foi ao interior da casa, chamou o preto velho que o servia, e disse-lhe em voz baixa:

— João, vai ali à estação de **urbanos**, fala da minha parte ao comandante, e pede-lhe que venha cá com um ou dois homens, para livrar-me de um sujeito doido. Anda, vai depressa.

E, voltando à sala:

— Pronto — disse ele —; podemos continuar.

— Como ia dizendo a Vossa Reverendíssima, morri no dia vinte de março de 1860, às cinco horas e quarenta e três minutos da manhã. Tinha então sessenta e oito anos de idade. Minha alma voou pelo espaço, até perder a Terra de vista, deixando muito abaixo a Lua, as estrelas e o Sol; penetrou finalmente num espaço em que não havia mais nada, e era clareado tão somente por uma luz difusa. Continuei a subir, e comecei a ver um pontinho mais luminoso ao longe, muito longe. O ponto cresceu, fez-se sol. Fui por ali dentro, sem arder, as almas são incombustíveis. A sua pegou fogo alguma vez?

— Não, senhor.

— São incombustíveis. Fui subindo, subindo; na distância de quarenta mil léguas, ouvi uma deliciosa música, e logo que cheguei a cinco mil léguas, desceu um enxame de almas, que me levaram num **palanquim** feito de éter e plumas. Entrei daí a pouco no novo sol, que é o planeta dos virtuosos da Terra. Não sou poeta, monsenhor; não ouso descrever-lhe as magnificências daquela **estância** divina. Poeta que fosse não poderia, usando a linguagem humana, transmitir-lhe a emoção da grandeza, do deslumbramento, da felicidade, os êxtases, as melodias, os arrojos de luz e cores, uma coisa indefinível e incompreensível. Só vendo. Lá dentro é que

Urbanos: policiais.

Palanquim: meio de transporte de pessoas. É uma espécie de cadeira suspensa por duas varas, carregada por dois ou mais homens.

Estância: morada.

soube que completava mais um milheiro de almas; tal era o motivo das festas extraordinárias que fizeram--me, e que duraram dois séculos, ou pelas nossas contas, quarenta e oito horas. Afinal, concluídas as festas, convidaram-me a tornar à Terra para cumprir uma vida nova; era o privilégio de cada alma que completava um milheiro. Respondi agradecendo e recusando, mas não havia recusar. Era uma lei eterna. A única liberdade que me deram foi a escolha do veículo; podia nascer príncipe ou condutor de ônibus. Que fazer? Que faria Vossa Reverendíssima no meu lugar?

— Não posso saber; depende...

— Tem razão; depende das circunstâncias. Mas imagine que as minhas eram tais que não me davam gosto a tornar cá. Fui vítima da inexperiência, monsenhor, tive uma velhice ruim, por essa razão. Então lembrou--me que sempre ouvira dizer a meu pai e outras pessoas mais velhas, quando viam algum rapaz: "— Quem me dera aquela idade, sabendo o que sei hoje!" Lembrou--me isto, e declarei que me era indiferente nascer mendigo ou potentado, com a condição de nascer experiente. Não imagina o riso universal com que me ouviram. **Jó**, que ali preside a província dos pacientes, disse-me que um tal desejo era disparate; mas eu teimei e venci. Daí a pouco escorreguei no espaço; gastei nove meses a atravessá-lo até cair nos braços de uma ama de leite, e chamei-me José Maria. Vossa Reverendíssima é Romualdo, não?

— Sim, senhor; Romualdo de Sousa Caldas.

— Será parente do Padre Sousa Caldas?

— Não, senhor.

— Bom poeta o Padre Caldas. Poesia é um dom; eu nunca pude compor uma **décima**. Mas, vamos ao que importa. Conto-lhe primeiro o que me sucedeu; depois lhe direi o que desejo de Vossa Reverendíssima. Entretanto, se me permitisse ir fumando...

Monsenhor Caldas fez um gesto de assentimento, sem perder de vista a bengala que José Maria conserva-

Jó: personagem da Bíblia, símbolo da paciência e fé em Deus.

Décima: estrofe de dez versos.

va atravessada sobre as pernas. Este preparou vagarosamente um cigarro. Era um homem de trinta e poucos anos, pálido, com um olhar ora mole e apagado, ora inquieto e **centelhante**. Apareceu ali, tinha o padre acabado de almoçar, e pediu-lhe uma entrevista para negócio grave e urgente. Monsenhor fê-lo entrar e sentar-se; no fim de dez minutos, viu que estava com um lunático. Perdoava-lhe a incoerência das ideias ou o assombroso das invenções; podia ser até que lhe servissem de estudo. Mas o desconhecido teve um **assomo** de raiva, que meteu medo ao pacato clérigo. Que podiam fazer ele e o preto, ambos velhos, contra qualquer agressão de um homem forte e louco? Enquanto esperava o auxílio policial, Monsenhor Caldas desfazia-se em sorrisos e assentimentos de cabeça, espantava-se com ele, alegrava-se com ele, política útil com os loucos, as mulheres e os **potentados**. José Maria acendeu finalmente o cigarro, e continuou:

— Renasci em cinco de janeiro de 1861. Não lhe digo nada da nova meninice, porque aí a experiência teve só uma forma instintiva. Mamava pouco; chorava o menos que podia para não apanhar pancada. Comecei a andar tarde, por medo de cair, e daí me ficou uma tal ou qual fraqueza nas pernas. Correr e rolar, trepar nas árvores, saltar paredões, trocar murros, coisas tão úteis, nada disso fiz, por medo de contusão e sangue. Para falar com franqueza, tive uma infância aborrecida, e a escola não o foi menos. Chamavam-me tolo e moleirão. Realmente, eu vivia fugindo de tudo. Creia que durante esse tempo não escorreguei, mas também não corria nunca. Palavra, foi um tempo de aborrecimento; e, comparando as cabeças quebradas de outro tempo com o tédio de hoje, antes as cabeças quebradas. Cresci; fiz-me rapaz, entrei no período dos amores... Não se assuste; serei casto, como a primeira ceia. Vossa Reverendíssima sabe o que é uma ceia de rapazes e mulheres?

— Como quer que saiba?...

— Tinha dezenove anos — continuou José Maria — e não imagina o espanto dos meus amigos, quando me

Centelhante: brilhante.

Assomo: impulso.

Potentados: poderosos. Observe a ironia desse comentário.

declarei pronto a ir a uma tal ceia... Ninguém esperava tal coisa de um rapaz tão cauteloso, que fugia de tudo, dos sonos atrasados, dos sonos excessivos, de andar sozinho a horas mortas, que vivia, por assim dizer, às apalpadelas. Fui à ceia; era no Jardim Botânico, obra esplêndida. Comidas, vinhos, luzes, flores, alegria dos rapazes, os olhos das damas, e, por cima de tudo, um apetite de vinte anos. Há de crer que não comi nada? A lembrança de três indigestões apanhadas quarenta anos antes na primeira vida, fez-me recuar. Menti dizendo que estava indisposto. Uma das damas veio sentar-se à minha direita, para curar-me; outra levantou-se também, e veio para a minha esquerda, com o mesmo fim. Você cura de um lado, eu curo do outro, disseram elas. Eram **lépidas**, **frescas**, astuciosas, e tinham fama de devorar o coração e a vida dos rapazes. Confesso-lhe que fiquei com medo e retraí-me. Elas fizeram tudo, tudo; mas em vão. Vim de lá de manhã, apaixonado por ambas, sem nenhuma delas, e caindo de fome. Que lhe parece? — concluiu José Maria pondo as mãos nos joelhos, e arqueando os braços para fora.

— Com efeito...

— Não lhe digo mais nada; Vossa Reverendíssima adivinhará o resto. A minha segunda vida é assim uma mocidade expansiva e impetuosa, **enfreada** por uma experiência virtual e tradicional. Vivo como **Eurico**, atado ao próprio cadáver... Não, a comparação não é boa. Como lhe parece que vivo?

— Sou pouco imaginoso. Suponho que vive assim como um pássaro, batendo as asas e amarrado pelos pés...

— Justamente. Pouco imaginoso? Achou a fórmula; é isso mesmo. Um pássaro, um grande pássaro, batendo as asas, assim...

José Maria ergueu-se, agitando os braços, à maneira de asas. Ao erguer-se, caiu-lhe a bengala no chão; mas ele não deu por ela. Continuou a agitar os braços, em pé, defronte do padre, e a dizer que era isso mesmo,

Lépidas: joviais, alegres.

Frescas: jovens.

Enfreada: contida, reprimida.

Eurico: personagem do romance *Eurico, o presbítero*, do português Alexandre Herculano (1810-1877). Eurico é um bravo guerreiro que abraça a carreira sacerdotal por causa de uma grande desilusão amorosa.

um pássaro, um grande pássaro... De cada vez que batia os braços nas coxas, levantava os calcanhares, dando ao corpo uma cadência de movimentos, e conservava os pés unidos, para mostrar que os tinha amarrados. Monsenhor aprovava de cabeça; ao mesmo tempo **afiava as orelhas** para ver se ouvia passos na escada. Tudo silêncio. Só lhe chegavam os rumores de fora: — carros e carroças que desciam, quitandeiras apregoando legumes, e um piano da vizinhança. José Maria sentou-se finalmente, depois de apanhar a bengala, e continuou nestes termos:

— Um pássaro, um grande pássaro. Para ver quanto é feliz a comparação, basta a aventura que me traz aqui, um caso de consciência, uma paixão, uma mulher, uma viúva, D. Clemência. Tem vinte e seis anos, uns olhos que não acabam mais, não digo no tamanho, mas na expressão, e duas pinceladas de **buço**, que lhe completam a fisionomia. É filha de um professor **jubilado**. Os vestidos pretos ficam-lhe tão bem que eu às vezes digo-lhe rindo que ela não enviuvou senão para andar de luto. Caçoadas! Conhecemo-nos há um ano, em casa de um fazendeiro de Cantagalo. Saímos namorados um do outro. Já sei o que me vai perguntar: por que é que não nos casamos, sendo ambos livres...

— Sim, senhor.

— Mas, homem de Deus! é essa justamente a matéria da minha aventura. Somos livres, gostamos um do outro, e não nos casamos; tal é a situação tenebrosa que venho expor a Vossa Reverendíssima, e que a sua teologia ou o que quer que seja, explicará, se puder. Voltamos para a Corte namorados. Clemência morava com o velho pai, e um irmão empregado no comércio; relacionei-me com ambos, e comecei a frequentar a casa, em Matacavalos. Olhos, apertos de mão, palavras soltas, outras ligadas, uma frase, duas frases, e estávamos amados e confessados. Uma noite, no patamar da escada, trocamos o primeiro beijo... Perdoe estas coisas, monsenhor; faça de conta que me está ouvindo de con-

Afiava as orelhas: prestava atenção.

Buço: leve penugem do lábio superior.

Jubilado: aposentado.

fissão. Nem eu lhe digo isto senão para acrescentar que saí dali tonto, desvairado, com a imagem de Clemência na cabeça e o sabor do beijo na boca. **Errei** cerca de duas horas, **planeando** uma vida única; determinei pedir-lhe a mão no fim da semana, e casar daí a um mês. Cheguei às derradeiras minúcias, cheguei a redigir e ornar de cabeça as **cartas de participação**. Entrei em casa depois de meia-noite, e toda essa fantasmagoria voou, **como as mutações à vista nas antigas peças de teatro**. Veja se adivinha como.

— **Não alcanço**...

— Considerei, no momento de despir o colete, que o amor podia acabar depressa; tem-se visto algumas vezes. Ao descalçar as botas, lembrou-me coisa pior: — podia ficar o **fastio**. Concluí a *toilette* de dormir, acendi um cigarro, e, reclinado no canapé, pensei que o costume, a convivência, podia salvar tudo; mas, logo depois, adverti que as duas índoles podiam ser incompatíveis; e que fazer com duas índoles incompatíveis e inseparáveis? Mas, enfim, **dei de barato** tudo isso, porque a paixão era grande, violenta; considerei-me casado, com uma linda criancinha... Uma? duas, seis, oito; podiam vir oito, podiam vir dez; algumas aleijadas. Também podia vir uma crise, duas crises, falta de dinheiro, penúria, doenças; podia vir alguma dessas **afeições espúrias** que perturbam a paz doméstica... Considerei tudo e concluí que o melhor era não casar. O que não lhe posso contar é o meu desespero; faltam-me expressões para lhe pintar o que padeci nessa noite... Deixa-me fumar outro cigarro?

Não esperou resposta, fez o cigarro, e acendeu-o. Monsenhor não podia deixar de admirar-lhe a bela cabeça, no meio do desalinho próprio do estado; ao mesmo tempo notou que ele falava em termos polidos, e, que apesar dos **rompantes mórbidos**, tinha **maneiras**. Quem diabo podia ser esse homem? José Maria continuou a história, dizendo que deixou de ir à casa de Clemência, durante seis dias, mas não resistiu às cartas e

Errei: andei à toa.

Planeando: planejando.

Cartas de participação: convites para o casamento.

Como as mutações à vista nas antigas peças de teatro: como as mudanças de cenário à vista do público nas antigas peças de teatro.

Não alcanço: não entendo.

Fastio: tédio, monotonia.

Dei de barato: desconsiderei.

Afeições espúrias: amores ilegítimos.

Rompantes mórbidos: ímpetos doentios.

Maneiras: modos educados.

às lágrimas. No fim de uma semana correu para lá, e confessou-lhe tudo, tudo. Ela ouviu-o com muito interesse, e quis saber o que era preciso para acabar com tantas cismas, que prova de amor queria que ela lhe desse. A resposta de José Maria foi uma pergunta.

— Está disposta a fazer-me um grande sacrifício? — disse-lhe eu. Clemência jurou que sim. "Pois bem, rompa com tudo, família e sociedade; venha morar comigo; casamo-nos depois desse **noviciado**." Compreendo que Vossa Reverendíssima arregale os olhos. Os dela encheram-se de lágrimas; mas, apesar de humilhada, aceitou tudo. Vamos; confesse que sou um monstro.

— Não, senhor...

— Como não? Sou um monstro. Clemência veio para minha casa, e não imagina as festas com que a recebi. "Deixo tudo, disse-me ela; você é para mim o universo." Eu beijei-lhe os pés, beijei-lhe os tacões dos sapatos. Não imagina o meu contentamento. No dia seguinte, recebi uma carta tarjada de preto; era a notícia da morte de um tio meu, em Santa Ana do Livramento, deixando-me vinte mil contos. Fiquei fulminado. "Entendo, disse a Clemência, você sacrificou tudo, porque tinha notícia da herança". Desta vez, Clemência não chorou, pegou em si e saiu. Fui atrás dela, envergonhado, pedi-lhe perdão; ela resistiu. Um dia, dois dias, três dias, foi tudo vão; Clemência não cedia nada, não falava sequer. Então declarei-lhe que me mataria; comprei um revólver, fui ter com ela, e apresentei-lho: é este.

Monsenhor Caldas empalideceu. José Maria mostrou-lhe o revólver, durante alguns segundos, tornou a metê-lo na algibeira, e continuou:

— Cheguei a dar um tiro. Ela, assustada, desarmou-me e perdoou-me. Ajustamos precipitar o casamento, e, pela minha parte, impus uma condição: doar os vinte mil contos à Biblioteca Nacional. Clemência atirou-se-me aos braços, e aprovou-me com um beijo. Dei os vinte mil contos. Há de ter lido nos jornais... Três semanas depois casamo-nos. Vossa Reverendíssima respira como

Noviciado: **período de experiência.**

quem chegou ao fim. Qual! Agora é que chegamos ao trágico. O que posso fazer é abreviar umas particularidades e suprimir outras; restrinjo-me a Clemência. Não lhe falo de outras emoções truncadas, que são todas as minhas, **abortos de prazer**, planos que se **esgarçam** no ar, nem das ilusões de saia **rota**, nem do tal pássaro... plás... plás... plás...

E, de um salto, José Maria ficou outra vez de pé, agitando os braços, e dando ao corpo uma cadência. Monsenhor Caldas começou a suar frio. No fim de alguns segundos, José Maria parou, sentou-se, e reatou a narração, agora mais difusa, mais derramada, evidentemente mais delirante. Contava os sustos em que vivia, desgostos e desconfianças. Não podia comer um figo às dentadas, como outrora; o receio do bicho diminuía-lhe o sabor. Não **cria** nas caras alegres da gente que ia pela rua: preocupações, desejos, ódios, tristezas, outras coisas, iam dissimuladas por umas três quartas partes delas. Vivia a temer um filho cego ou surdo-mudo, ou tuberculoso, ou assassino, etc. Não conseguia dar um jantar que não ficasse triste logo depois da sopa, pela ideia de que uma palavra sua, um gesto da mulher, qualquer falta de serviço podia sugerir o **epigrama digestivo**, na rua, debaixo de um lampião. A experiência dera-lhe o terror de ser **empulhado**. Confessava ao padre que, realmente, não tinha até agora lucrado nada; ao contrário, perdera até, porque fora levado ao sangue.... Ia contar-lhe o caso do sangue. Na véspera, deitara-se cedo, e sonhou... Com quem pensava o padre que ele sonhou?

— Não atino...

— Sonhei que o Diabo lia-me o Evangelho. Chegando ao ponto em que Jesus fala dos lírios do campo, o Diabo colheu alguns e deu-mos. "Toma, disse-me ele; são os lírios da Escritura; segundo ouviste, nem Salomão em toda a pompa pode ombrear com eles. Salomão é a sapiência. Sabes o que são estes lírios, José? São os teus vinte anos." Fitei-os encantado; eram lindos como não imagina. O Diabo pegou deles, cheirou-os e disse-me

Abortos de prazer: isto é, prazeres que não se concretizaram.

Esgarçam: desfazem.

Rota (ô): rasgada.

Cria: acreditava.

Epigrama digestivo: nessa passagem, significa comentário maldoso sobre o jantar oferecido pelo casal.

Empulhado: humilhado, ridicularizado.

que os cheirasse também. Não lhe digo nada; no momento de os chegar ao nariz, vi sair de dentro um réptil fedorento e torpe, dei um grito, e arrojei para longe as flores. Então, o Diabo, escancarando uma formidável gargalhada: "José Maria são os teus vinte anos." Era uma gargalhada assim: — cá, cá, cá, cá, cá...

José Maria ria à solta, ria de um modo estridente e diabólico. De repente, parou; levantou-se, e contou que, tão depressa abriu os olhos como viu a mulher diante dele, aflita e **desgrenhada**. Os olhos de Clemência eram doces, mas ele disse-lhe que os olhos doces também fazem mal. Ela arrojou-se-lhe aos pés... Neste ponto a fisionomia de José Maria estava tão transtornada que o padre, também de pé, começou a recuar, trêmulo e pálido. "Não, miserável! não! tu não me fugirás!" bradava José Maria investindo para ele. Tinha os olhos esbugalhados, as têmporas latejantes; o padre ia recuando... recuando... Pela escada acima ouvia-se um rumor de espadas e de pés.

Desgrenhada: despenteada.

CANTIGA DE ESPONSAIS

Imagine a leitora que está em 1813, na igreja do Carmo, ouvindo uma daquelas boas festas antigas, que eram todo o recreio público e toda a arte musical. Sabem que é uma missa cantada; podem imaginar o que seria uma missa cantada daqueles anos remotos. Não lhe chamo a atenção para os padres e os sacristães, nem para o sermão, nem para os olhos das moças cariocas, que já eram bonitos nesse tempo, nem para as mantilhas das senhoras graves, os **calções**, as cabeleiras, as **sanefas**, as luzes, os incensos, nada. Não falo sequer da orquestra, que é excelente; limito-me a mostrar-lhes uma cabeça branca, a cabeça desse velho que rege a orquestra com alma e devoção.

Chama-se Romão Pires; terá sessenta anos, não menos, nasceu no Valongo, ou por esses lados. É bom músico e bom homem; todos os músicos gostam dele. Mestre Romão é o nome familiar; e dizer familiar e público era a mesma coisa em tal matéria e naquele tempo. "Quem rege a missa é mestre Romão" — equivalia a esta outra forma de anúncio, anos depois: "Entra em cena o ator João Caetano"; — ou então: "O ator Martinho cantará uma de suas melhores árias". Era o tempero certo, o chamariz delicado e popular. Mestre Romão rege a festa! Quem não conhecia mestre Romão, com o seu ar **circunspecto**, olhos no chão, riso triste*****, e passo demorado? Tudo isso desaparecia à frente da orquestra; então a vida derramava-se por todo o corpo e todos os gestos do mestre; o olhar acendia-se, o riso iluminava-se: era outro. Não que a missa fosse dele; esta, por exemplo, que ele rege agora no Carmo é de José **Maurício**; mas ele rege-a com o mesmo amor que empregaria, se a missa fosse sua.

Acabou a festa; é como se acabasse um clarão intenso, e deixasse o rosto apenas alumiado da luz ordinária. Ei-lo que desce do coro, apoiado na bengala; vai

Calções: calça de pernas curtas e entufadas que iam até os joelhos.

Sanefas: ornamentos na parte superior de cortinas.

Circunspecto: sério, concentrado.

*** Que aspecto do temperamento do personagem podemos identificar nessa antítese?**

José Maurício Nunes Garcia (1767-1830): padre e compositor carioca de música sacra.

à sacristia beijar a mão aos padres e aceita um lugar à mesa do jantar. Tudo isso indiferente e calado. Jantou, saiu, caminhou para a Rua da Mãe dos Homens, onde reside, com um preto velho, pai José, que é a sua verdadeira mãe, e que neste momento conversa com uma vizinha.

— Mestre Romão lá vem, pai José — disse a vizinha.

— Eh! eh! adeus, sinhá, até logo.

Pai José deu um salto, entrou em casa, e esperou o senhor, que daí a pouco entrava com o mesmo ar do costume. A casa não era rica naturalmente; nem alegre. Não tinha o menor vestígio de mulher, velha ou moça, nem passarinhos que cantassem, nem flores, nem cores vivas ou **jucundas**. Casa sombria e nua. O mais alegre era um cravo, onde o mestre Romão tocava algumas vezes, estudando. Sobre uma cadeira, ao pé, alguns papéis de música; nenhuma dele...

Ah! se mestre Romão pudesse seria um grande compositor. Parece que há duas sortes de vocação, as que têm língua e as que a não têm. As primeiras realizam-se; as últimas representam uma luta constante e estéril entre o impulso interior e a ausência de um modo de comunicação com os homens. Romão era destas. Tinha a vocação íntima da música; trazia dentro de si muitas óperas e missas, um mundo de harmonias novas e originais, que não alcançava exprimir e pôr no papel. Esta era a causa única de tristeza de mestre Romão. Naturalmente o **vulgo não atinava** com ela; uns diziam isto, outros aquilo: doença, falta de dinheiro, algum desgosto antigo; mas a verdade é esta: — a causa da melancolia de mestre Romão era não poder compor, não possuir o meio de traduzir o que sentia. Não é que não rabiscasse muito papel e não interrogasse o cravo, durante horas; mas tudo lhe saía informe, sem ideia nem harmonia. Nos últimos tempos tinha até vergonha da vizinhança, e não tentava mais nada.

E, entretanto, se pudesse, acabaria ao menos uma certa peça, um canto **esponsalício**, começado três dias

Jucundas: alegres.

Vulgo: povo, pessoas em geral.

Não atinava: não sabia, desconhecia.

Esponsalício: de esponsais, ou seja, canto nupcial, que se refere a casamento.

depois de casado, em 1779. A mulher, que tinha então vinte e um anos, e morreu com vinte e três, não era muito bonita, nem pouco, mas extremamente simpática, e amava-o tanto como ele a ela. Três dias depois de casado, mestre Romão sentiu em si alguma coisa parecida com inspiração. Ideou então o canto esponsalício, e quis compô-lo; mas a inspiração não pôde sair. Como um pássaro que acaba de ser preso, e forceja por transpor as paredes da gaiola, abaixo, acima, impaciente, aterrado, assim batia a inspiração do nosso músico, encenada nele sem poder sair, sem achar uma porta, nada. Algumas notas chegaram a ligar-se; ele escreveu-as; obra de uma folha de papel, não mais. Teimou no dia seguinte, dez dias depois, vinte vezes durante o tempo de casado. Quando a mulher morreu, ele releu essas primeiras notas conjugais, e ficou ainda mais triste, por não ter podido fixar no papel a sensação de felicidade extinta.

— Pai José — disse ele ao entrar —, sinto-me hoje adoentado.

— Sinhô comeu alguma coisa que fez mal...

— Não; já de manhã não estava bom. Vai à botica...

O boticário mandou alguma coisa, que ele tomou à noite; no dia seguinte mestre Romão não se sentia melhor. É preciso dizer que ele padecia do coração: — moléstia grave e crônica. Pai José ficou aterrado, quando viu que o incômodo não cedera ao remédio, nem ao repouso, e quis chamar o médico.

— Para quê? — disse o mestre. — Isto passa.

O dia não acabou pior; e a noite suportou-a ele bem, não assim o preto, que mal pôde dormir duas horas. A vizinhança, apenas soube do incômodo, não quis outro motivo de palestra; os que entretinham relações com o mestre foram visitá-lo. E diziam-lhe que não era nada, que eram **macacoas** do tempo; um acrescentava graciosamente que era manha, para fugir aos **capotes que o boticário lhe dava no gamão** — outro que eram amores. Mestre Romão sorria, mas consigo mesmo dizia que era o final.

Macacoas: doenças passageiras.

Capotes que o boticário lhe dava no gamão: gamão era um jogo de tabuleiro muito popular na época. Dar um capote é vencer o adversário com grande diferença de pontos.

"Está acabado", pensava ele.

Um dia de manhã, cinco depois da festa, o médico achou-o realmente mal; e foi isso o que ele lhe viu na fisionomia por trás das palavras enganadoras:

— Isto não é nada; é preciso não pensar em músicas...

Em músicas! justamente esta palavra do médico deu ao mestre um pensamento. Logo que ficou só, com o escravo, abriu a gaveta onde guardava desde 1779 o canto esponsalício começado. Releu essas notas arrancadas a custo, e não concluídas. E então teve uma ideia singular: — rematar a obra agora, fosse como fosse; qualquer coisa servia, uma vez que deixasse um pouco de alma na terra.

— Quem sabe? Em 1880, talvez se toque isto, e se conte que um mestre Romão...

O princípio do canto rematava em um certo *lá*; este *lá*, que lhe caía bem no lugar, era a nota derradeiramente escrita. Mestre Romão ordenou que lhe levassem o cravo para a sala do fundo, que dava para o quintal: era-lhe preciso ar. Pela janela viu na janela dos fundos de outra casa dois casadinhos de oito dias, debruçados, com os braços por cima dos ombros, e duas mãos presas. Mestre Romão sorriu com tristeza.

— Aqueles chegam — disse ele —, eu saio. Comporei ao menos este canto que eles poderão tocar...

Sentou-se ao cravo; reproduziu as notas e chegou ao *lá*...

— *Lá, lá, lá*...

Nada, não passava adiante. E contudo, ele sabia música como gente*.

Lá, dó... lá, mi... lá, si, dó, ré... ré... ré...

Impossível! nenhuma inspiração. Não exigia uma peça profundamente original, mas enfim alguma coisa, que não fosse de outro e se ligasse ao pensamento começado. Voltava ao princípio, repetia as notas, buscava reaver um retalho da sensação extinta, lembrava-se da mulher, dos primeiros tempos. Para completar a ilusão, deitava os olhos pela janela para o lado dos casadinhos.

*** Isto é, sabia música muito bem.**

Estes continuavam ali, com as mãos presas e os braços passados nos ombros um do outro; a diferença é que se miravam agora, em vez de olhar para baixo. Mestre Romão, ofegante da moléstia e de impaciência, tornava ao cravo; mas a vista do casal não lhe suprira a inspiração, e as notas seguintes não soavam.

— *Lá... lá... lá...*

Desesperado, deixou o cravo, pegou do papel escrito e rasgou-o. Nesse momento, a moça embebida no olhar do marido, começou a cantarolar à toa, inconscientemente, uma coisa nunca antes cantada nem sabida, na qual coisa um certo *lá* trazia após si uma linda frase musical, justamente a que mestre Romão procurara durante anos sem achar nunca. O mestre ouviu-a com tristeza, abanou a cabeça, e à noite **expirou**.

Expirou: faleceu.

SINGULAR OCORRÊNCIA

Há ocorrências bem **singulares**. Está vendo aquela dama que vai entrando na igreja da Cruz? Parou agora no **adro** para dar uma esmola.

— De preto?

— Justamente; lá vai entrando; entrou.

— Não ponha mais na carta. Esse olhar está dizendo que a dama é uma sua recordação de outro tempo, e não há de ser de muito tempo, a julgar pelo corpo: é moça **de truz**.

— Deve ter quarenta e seis anos.

— Ah! conservada. Vamos lá; deixe de olhar para o chão, e conte-me tudo. Está viúva, naturalmente?

— Não.

— Bem; o marido ainda vive. É velho?

— Não é casada.

— Solteira?

— Assim, assim*. Deve chamar-se hoje D. Maria de tal. Em 1860 florescia com o nome familiar de Marocas. Não era costureira, nem proprietária, nem mestra de meninas; vá excluindo as profissões e lá chegará**. Morava na Rua do Sacramento. Já então era esbelta, e, seguramente, mais linda do que hoje; modos sérios, linguagem limpa. Na rua, com vestido **afogado**, escorrido, **sem espavento**, arrastava a muitos, ainda assim.

— Por exemplo, ao senhor.

— Não, mas ao Andrade, um amigo meu, de vinte e seis anos, meio advogado, meio político, nascido nas Alagoas, e casado na Bahia, donde viera em 1859. Era bonita a mulher dele, afetuosa, meiga e resignada; quando os conheci, tinham uma filhinha de dois anos.

— Apesar disso, a Marocas...?

— É verdade, dominou-o. Olhe, se não tem pressa, conto-lhe uma coisa interessante.

— Diga.

Singulares: especiais, únicas.

Adro: parte externa na frente de um templo.

De truz: expressão arcaica que significa excelente, formosa.

*** O que essa expressão insinua sobre a mulher que os dois estão comentando?**

**** Observe a sutileza e a ironia dessa passagem.**

Afogado: bem fechado.

Sem espavento: sem ostentação.

— A primeira vez que ele a encontrou, foi à porta da loja Paula Brito, no Rocio. Estava ali, viu a distância uma mulher bonita, e esperou, já alvoroçado, porque ele tinha em alto grau a paixão das mulheres. Marocas vinha andando, parando e olhando como quem procura alguma casa. Defronte da loja deteve-se um instante; depois, envergonhada e a medo, estendeu um pedacinho de papel ao Andrade, e perguntou-lhe onde ficava o número ali escrito. Andrade disse-lhe que do outro lado do Rocio, e ensinou-lhe a altura provável da casa. Ela **cortejou** com muita graça; ele ficou sem saber o que pensasse da pergunta.

— Como eu estou.

— Nada mais simples: Marocas não sabia ler. Ele não chegou a suspeitá-lo. Viu-a atravessar o Rocio, que ainda não tinha estátua nem jardim, e ir à casa que buscava, ainda assim perguntando em outras. De noite foi ao Ginásio; dava-se a ***Dama das Camélias***; Marocas estava lá, e, no último ato, chorou como uma criança. Não lhe digo nada; no fim de quinze dias amavam-se loucamente. Marocas despediu todos os seus namorados, e creio que não perdeu pouco; tinha alguns capitalistas bem bons. Ficou só, sozinha, vivendo para o Andrade, não querendo outra afeição, não cogitando de nenhum outro interesse.

— Como a Dama das Camélias.

— Justo. Andrade ensinou-lhe a ler. Estou mestre-escola, disse-me ele um dia; e foi então que me contou a anedota do Rocio. Marocas aprendeu depressa. Compreende-se; o vexame de não saber, o desejo de conhecer os romances em que ele lhe falava, e finalmente o gosto de obedecer a um desejo dele, de lhe ser agradável... Não me encobriu nada; contou-me tudo com um riso de gratidão nos olhos, que o senhor não imagina. Eu tinha a confiança de ambos. Jantávamos às vezes os três juntos; e... não sei por que negá-lo — algumas vezes os quatro. Não cuide que eram jantares de gente **pândega**; alegres, mas honestos. Marocas gostava da linguagem

Cortejou: cumprimentou.

***Dama das Camélias*:** peça inspirada no romance de mesmo nome, do francês Alexandre Dumas Filho (1824-1895). Conta a história de uma bela prostituta chamada Margarida.

Pândega: farrista.

afogada, como os vestidos. Pouco a pouco estabeleceu--se intimidade entre nós; ela interrogava-me acerca da vida do Andrade, da mulher, da filha, dos hábitos dele, se gostava deveras dela, ou se era um capricho, se tivera outros, se era capaz de a esquecer, uma chuva de perguntas, e um receio de o perder, que mostravam a força e a sinceridade da afeição... Um dia, uma festa de S. João, o Andrade acompanhou a família à Gávea, onde ia assistir a um jantar e um baile; dois dias de ausência. Eu fui com eles. Marocas, ao despedir-se, recordou a comédia que ouvira algumas semanas antes no Ginásio — *Janto com minha mãe* — e disse-me que, não tendo família para passar a festa de S. João, ia fazer como a Sofia Arnoult da comédia, ia jantar com um retrato; mas não seria o da mãe, porque não tinha, e sim do Andrade. Este dito ia-lhe rendendo um beijo; o Andrade chegou a inclinar-se; ela, porém, vendo que eu estava ali, afastou--o delicadamente com a mão.

— Gosto desse gesto.

— Ele não gostou menos. Pegou-lhe na cabeça com ambas as mãos, e, paternalmente, pingou-lhe o beijo na testa. Seguimos para a Gávea. De caminho disse-me a respeito da Marocas as maiores **finezas**, contou-me as últimas **frioleiras** de ambos, falou-me do projeto que tinha de comprar-lhe uma casa em algum arrabalde, logo que pudesse dispor de dinheiro; e, de passagem, elogiou a modéstia da moça, que não queria receber dele mais do que o estritamente necessário. Há mais do que isso, disse-lhe eu, e contei-lhe uma coisa que sabia, isto é, que cerca de três semanas antes, a Marocas empenhara algumas joias para pagar uma conta da costureira. Esta notícia abalou-o muito; não juro, mas creio que ficou com os olhos molhados. Em todo caso, depois de cogitar algum tempo, disse-me que definitivamente ia arranjar-lhe uma casa e pô-la ao abrigo da miséria. Na Gávea ainda falamos da Marocas, até que as festas acabaram, e nós voltamos. O Andrade deixou a família em casa, na Lapa, e foi ao escritório **aviar** alguns papéis

Finezas: elogios.

Frioleiras: fatos pouco importantes; ninharias.

Aviar: despachar.

urgentes. Pouco depois do meio-dia apareceu-lhe um tal Leandro, ex-agente de certo advogado a pedir-lhe, como de costume, dois ou três mil-réis. Era um sujeito reles e vadio. Vivia a explorar os amigos do antigo patrão. Andrade deu-lhe três mil-réis, e, como o visse excepcionalmente risonho, perguntou-lhe se tinha visto passarinho verde. O Leandro piscou os olhos e lambeu os beiços: o Andrade, que **dava o cavaco** por anedotas eróticas, perguntou-lhe se eram amores. Ele mastigou um pouco, e confessou que sim.

— Olhe; lá vem ela saindo; não é ela?

— Ela mesma; afastemo-nos da esquina.

— Realmente, deve ter sido muito bonita. Tem um ar de duquesa.

— Não olhou para cá; não olha nunca para os lados. Vai subir pela Rua do Ouvidor...

— Sim, senhor. Compreendo o Andrade.

— Vamos ao caso. O Leandro confessou que tivera na véspera uma fortuna rara, ou antes única, uma coisa que ele nunca esperara achar, nem merecia mesmo, porque se conhecia e não passava de um pobre-diabo. Mas, enfim, os pobres também são filhos de Deus. Foi o caso que, na véspera, perto das dez horas da noite, encontrara no Rocio uma dama vestida com simplicidade, vistosa de corpo, e muito embrulhada num xale grande. A dama vinha atrás dele, e mais depressa; ao passar rentezinha com ele, fitou-lhe muito os olhos, e foi andando devagar, como quem espera. O pobre-diabo imaginou que era engano de pessoa; confessou ao Andrade que, apesar da roupa simples, viu logo que não era coisa para os seus beiços. Foi andando; a mulher, parada, fitou-o outra vez, mas com tal instância, que ele chegou a atrever-se um pouco; ela atreveu-se o resto... Ah! um anjo! E que casa, que sala rica! coisa papa-fina. E depois o desinteresse... "Olhe, acrescentou ele, para V.Sª é que era um bom arranjo." Andrade abanou a cabeça; **não lhe cheirava** o **comborço**. Mas o Leandro teimou; era na Rua do Sacramento, número tantos...

Dava o cavaco: gostava muito.

Não lhe cheirava: não lhe agradava.

Comborço: amante de uma mulher em relação ao marido ou a outro amante dessa mulher.

— Não me diga isso!

— Imagine como não ficou o Andrade. Ele mesmo não soube o que fez nem o que disse durante os primeiros minutos, nem o que pensou nem o que sentiu. Afinal teve força para perguntar se era verdade o que estava contando; mas o outro advertiu que não tinha nenhuma necessidade de inventar semelhante coisa; vendo, porém, o alvoroço do Andrade, pediu-lhe segredo, dizendo que ele, pela sua parte, era discreto. Parece que ia sair; Andrade deteve-o, e propôs-lhe um negócio; propôs-lhe ganhar vinte mil-réis. — "Pronto!" — "Dou-lhe vinte mil-réis, se você for comigo à casa dessa moça e disser em presença dela que é ela mesma."

— Oh!

— Não defendo o Andrade; a coisa não era bonita; mas a paixão, nesse caso, cega os melhores homens. Andrade era digno, generoso, sincero; mas o golpe fora tão profundo, e ele amava-a tanto, que não recuou diante de uma tal vingança.

— O outro aceitou?

— Hesitou um pouco, estou que por medo, não por dignidade, mas vinte mil-réis... Pôs uma condição: não metê-lo em barulhos... Marocas estava na sala, quando o Andrade entrou. Caminhou para a porta, na intenção de o abraçar; mas o Andrade advertiu-a, com o gesto, que trazia alguém. Depois, fitando-a muito, fez entrar o Leandro; Marocas empalideceu. — "É esta senhora?" perguntou ele. — "Sim, senhor", murmurou o Leandro com voz sumida, porque há ações ainda mais **ignóbeis** do que o próprio homem que as comete.

Andrade abriu a carteira com grande afetação, tirou uma nota de vinte mil-réis e deu-lha; e, com a mesma afetação, ordenou-lhe que se retirasse. O Leandro saiu. A cena que se seguiu, foi breve, mas dramática. Não a soube inteiramente, porque o próprio Andrade é que me contou tudo, e, naturalmente, estava tão atordoado, que muita coisa lhe escapou. Ela não confessou nada; mas estava fora de si, e, quando ele, depois de lhe dizer

Ignóbeis: indignas.

as coisas mais duras do mundo, atirou-se para a porta, ela rojou-se-lhe aos pés, agarrou-lhe as mãos, lacrimosa, desesperada, ameaçando matar-se; e ficou atirada ao chão, no patamar da escada; ele desceu vertiginosamente e saiu.

— Na verdade, um sujeito reles, apanhado na rua; provavelmente eram hábitos dela?

— Não.

— Não?

— Ouça o resto. De noite seriam oito horas, o Andrade veio à minha casa, e esperou por mim. Já me tinha procurado três vezes. Fiquei estupefato; mas como duvidar, se ele tivera a precaução de levar a prova até à evidência? Não lhe conto o que ouvi, os planos de vingança, as exclamações, os nomes que lhe chamou, todo o estilo e todo o repertório dessas crises. Meu conselho foi que a deixasse; que, afinal, vivesse para a mulher e a filha, a mulher tão boa, tão meiga... Ele concordava, mas tornava ao furor. Do furor passou à dúvida; chegou a imaginar que a Marocas, com o fim de o experimentar, inventara o artifício e pagara ao Leandro para vir dizer-lhe aquilo; e a prova é que o Leandro, não querendo ele saber quem era, teimou e lhe disse a casa e o número. E agarrado a esta **inverossimilhança**, tentava fugir à realidade; mas a realidade vinha — a palidez de Marocas, a alegria sincera do Leandro, tudo o que lhe dizia que a aventura era certa. Creio até que ele arrependia-se de ter ido tão longe. Quanto a mim, **cogitava** na aventura, **sem atinar com a explicação**. Tão modesta! maneiras tão acanhadas!

— Há uma frase de teatro que pode explicar a aventura, uma frase de Augier, creio eu: "a nostalgia da lama"*.

— Acho que não; mas vá ouvindo. Às dez horas apareceu-nos em casa uma criada de Marocas, uma preta **forra**, muito amiga da ama. Andava aflita em procura do Andrade, porque a Marocas, depois de chorar muito, trancada no quarto, saiu de casa sem jantar, e não voltara mais. Contive o Andrade, cujo primeiro gesto foi para sair logo. A preta

Inverossimilhança: fato muito improvável, que não poderia ser verdadeiro.

Cogitava: pensava.

Sem atinar com a explicação: sem conseguir achar uma explicação.

* A expressão "nostalgia da lama" consta da peça *O casamento de Olímpia*, do escritor francês Émile Augier (1820-1899). Olímpia é uma ex-cortesã que se casa com um marquês, mas, por tédio ou por "nostalgia da lama", acaba voltando a seus antigos hábitos. Machado chegou a traduzir cenas dessa peça e, neste conto, utilizou essa expressão para falar da também ex-cortesã Marocas.

Forra (ô): liberta, que não é mais escrava.

pedia-nos por tudo, que fôssemos descobrir a ama. "Não é costume dela sair?" perguntou o Andrade com sarcasmo. Mas a preta disse que não era costume. "Está ouvindo?" bradou ele para mim. Era a esperança que de novo empolgara o coração do pobre-diabo. "E ontem?..." disse eu. A preta respondeu que na véspera sim; mas não lhe perguntei mais nada, tive compaixão do Andrade, cuja aflição crescia, e cujo **pundonor** ia cedendo diante do perigo. Saímos em busca da Marocas; fomos a todas as casas em que era possível encontrá-la; fomos à polícia; mas a noite passou-se sem outro resultado. De manhã voltamos à polícia. O chefe ou um dos delegados, não me lembra, era amigo do Andrade, que lhe contou da aventura a parte conveniente, aliás a ligação do Andrade e da Marocas era conhecida de todos os seus amigos. Pesquisou-se tudo; nenhum desastre se dera durante a noite; as barcas da Praia Grande não viram cair ao mar nenhum passageiro; as casas de armas não venderam nenhuma; as boticas nenhum veneno. A polícia pôs em campo todos os seus recursos, e nada. Não lhe digo o estado de aflição em que o pobre Andrade viveu durante essas longas horas, porque todo o dia se passou em pesquisas inúteis. Não era só a dor de a perder; era também o remorso, a dúvida, ao menos, da consciência, em presença de um possível desastre, que parecia justificar a moça. Ele perguntava-me, a cada passo se não era natural fazer o que fez, no delírio da indignação, se eu não faria a mesma coisa. Mas depois tornava a afirmar a aventura, e provava-me que era verdadeira, com o mesmo ardor com que na véspera tentara provar que era falsa; o que ele queria era acomodar a realidade ao sentimento da ocasião.

— Mas, enfim, descobriram a Marocas?

— Estávamos comendo alguma coisa, em um hotel, eram perto de oito horas, quando recebemos notícia de um vestígio: — um cocheiro que levara na véspera uma senhora para o Jardim Botânico, onde ela entrou em uma hospedaria, e ficou. Nem acabamos o jantar; fomos no mesmo carro ao Jardim Botânico. O dono da

Pundonor: sentimento de honra.

hospedaria confirmou a versão; acrescentando que a pessoa se recolhera a um quarto, não comera nada desde que chegou na véspera; apenas pediu uma xícara de café; parecia profundamente abatida.

Encaminhamo-nos para o quarto; o dono da hospedaria bateu à porta; ela respondeu com voz fraca, e abriu. O Andrade nem me deu tempo de preparar nada; empurrou-me, e caíram nos braços um do outro. Marocas chorou muito e perdeu os sentidos.

— Tudo se explicou?

— Coisa nenhuma. Nenhum deles tornou ao assunto; livres de um naufrágio, não quiseram saber nada da tempestade **que os meteu a pique**. A reconciliação fez-se depressa. O Andrade comprou-lhe, meses depois, uma casinha em Catumbi; a Marocas deu-lhe um filho, que morreu de dois anos. Quando ele seguiu para o Norte, em comissão do governo, a afeição era ainda a mesma, posto que os primeiros ardores não tivessem já a mesma intensidade. **Não obstante**, ela quis ir também; fui eu que a obriguei a ficar. O Andrade contava tornar ao fim de pouco tempo, mas como lhe disse, morreu na província. A Marocas sentiu profundamente a morte, pôs luto, e considerou-se viúva; sei que nos três primeiros anos, ouvia sempre uma missa no dia do aniversário. Há dez anos perdi-a de vista. Que lhe parece tudo isto?

— Realmente, há ocorrências bem singulares, se o senhor não abusou da minha ingenuidade de rapaz para imaginar um romance...

— Não inventei nada; é a realidade pura.

— Pois, senhor, é curioso. No meio de uma paixão tão ardente, tão sincera... Eu ainda **estou na minha**; acho que foi a nostalgia da lama.

— Não: nunca a Marocas desceu até os Leandros.

— Então por que desceria naquela noite?

— Era um homem que ela supunha separado, por um abismo, de todas as suas relações pessoais; daí a confiança. Mas o acaso, que é um deus e um diabo ao mesmo tempo... Enfim, coisas!

Que os meteu a pique: que os fez afundar.

Não obstante: apesar disso.

Estou na minha: mantenho minha opinião. Observe que essa expressão coloquial, empregada ainda hoje, era também usual no tempo de Machado de Assis.

TRIO EM LÁ MENOR

Adagio cantabile

Maria Regina acompanhou a avó até o quarto, despediu-se e recolheu-se ao seu. A **mucama** que a servia, apesar da familiaridade que existia entre elas, não pôde arrancar-lhe uma palavra, e saiu, meia hora depois, dizendo que Nhanhã estava muito séria. Logo que ficou só, Maria Regina sentou-se ao pé da cama, com as pernas estendidas, os pés cruzados, pensando.

A verdade pede que diga que esta moça pensava amorosamente em dois homens ao mesmo tempo. Um de vinte e sete anos, Maciel — outro de cinquenta, Miranda. Convenho que é abominável, mas não posso alterar a feição das coisas, não posso negar que se os dois homens estão namorados dela, ela não o está menos de ambos. Uma esquisita, em suma; ou, para falar como as suas amigas de colégio, uma desmiolada. Ninguém lhe nega coração excelente e claro espírito; mas a imaginação é que é o mal, uma imaginação **adusta** e cobiçosa, insaciável principalmente, avessa à realidade, sobrepondo às coisas da vida outras de si mesma; daí curiosidades irremediáveis.

A visita dos dois homens (que a namoravam de pouco) durou cerca de uma hora. Maria Regina conversou alegremente com eles, e tocou ao piano uma peça clássica, uma sonata, que fez a avó cochilar um pouco. No fim discutiram música. Miranda disse coisas pertinentes acerca da música moderna e antiga; a avó tinha a religião de **Bellini** e da *Norma*, e falou das toadas do seu tempo, agradáveis, saudosas e principalmente claras. A neta ia com as opiniões do Miranda; Maciel concordou polidamente com todos.

Ao pé da cama, Maria Regina reconstruía agora tudo isso, a visita, a conversação, a música, o debate, os modos de ser de um e de outro, as palavras do Miranda e os belos olhos do Maciel. Eram onze horas, a

***Adagio* (em italiano):** palavra que indica um andamento musical vagaroso.

***Cantabile* (também em italiano):** quer dizer cantável.

Mucama: escrava doméstica.

Adusta: ardente.

Bellini (1801-1835): compositor italiano, autor da ópera *Norma*.

única luz do quarto era a lamparina, tudo convidava ao sonho e ao devaneio. Maria Regina, à força de recompor a noite, viu ali dois homens ao pé dela, ouviu-os, e conversou com eles durante uma porção de minutos, trinta ou quarenta, ao som da mesma sonata tocada por ela: lá, lá, lá...

Allegro ma non troppo

No dia seguinte a avó e a neta foram visitar uma amiga na Tijuca. Na volta a carruagem **derribou** um menino que atravessava a rua, correndo. Uma pessoa que viu isto, atirou-se aos cavalos e, com perigo de si própria, conseguiu detê-los e salvar a criança, que apenas ficou ferida e desmaiada. Gente, tumulto, a mãe do pequeno acudiu em lágrimas. Maria Regina desceu do carro e acompanhou o ferido até à casa da mãe, **que era ali ao pé**.

Quem conhece a técnica do destino adivinha logo que a pessoa que salvou o pequeno foi um dos dois homens da outra noite; foi o Maciel. Feito o primeiro curativo, o Maciel acompanhou a moça até à carruagem e aceitou o lugar que a avó lhe ofereceu até à cidade. Estavam no Engenho Velho. Na carruagem é que Maria Regina viu que o rapaz trazia a mão ensanguentada. A avó **inquiria a miúdo** se o pequeno estava muito mal, se escaparia; Maciel disse-lhe que os ferimentos eram leves. Depois contou o acidente: estava parado, na calçada, esperando que passasse um **tílburi**, quando viu o pequeno atravessar a rua por diante dos cavalos; compreendeu o perigo, e tratou de **conjurá-lo**, ou diminui-lo.

— Mas está ferido — disse a velha.

— Coisa de nada.

— Está, está — acudiu a moça —; podia ter-se curado também.

— Não é nada — teimou ele —; foi um arranhão, enxugo isto com o lenço.

Allegro ma non tropo **(em italiano): alegre mas não demais. Expressão usada em música para indicar um andamento rápido mas sem exagero.**

Derribou: derrubou.

Que era ali ao pé: que era ali perto.

Inquiria a miúdo: perguntava constantemente.

Tílburi: carro fechado de duas rodas e dois assentos, puxado por um só animal. No século XIX, servia também como táxi.

Conjurá-lo: afastá-lo, evitá-lo.

Não teve tempo de tirar o lenço; Maria Regina ofereceu-lhe o seu. Maciel, comovido, pegou nele, mas hesitou em maculá-lo. Vá, vá, dizia-lhe ela; e vendo-o acanhado, tirou-lho e enxugou-lhe, ela mesma, o sangue da mão.

A mão era bonita, tão bonita como o dono; mas parece que ele estava menos preocupado com a ferida da mão que com o amarrotado dos punhos. Conversando, olhava para eles disfarçadamente e escondia-os. Maria Regina não via nada, via-o a ele, via-lhe principalmente a ação que acabava de praticar, e que lhe punha uma auréola. Compreendeu que a natureza generosa saltara por cima dos hábitos pausados e elegantes do moço, para arrancar à morte uma criança que ele nem conhecia. Falaram do assunto até à porta de casa delas; Maciel recusou, agradecendo, a carruagem que elas lhe ofereciam, e despediu-se até à noite.

— Até à noite! — repetiu Maria Regina.

Esperou-o ansiosa. Ele chegou, por volta de oito horas, trazendo uma fita preta enrolada na mão, e pediu desculpa de vir assim; mas disseram-lhe que era bom pôr alguma coisa e obedeceu.

— Mas está melhor!

— Estou bom, não foi nada.

— Venha, venha — disse-lhe a avó, do outro lado da sala. — Sente-se aqui ao pé de mim: o senhor é um herói.

Maciel ouvia sorrindo. Tinha passado o ímpeto generoso, começava a receber os **dividendos** do sacrifício. O maior deles era a admiração de Maria Regina, tão ingênua e tamanha, que esquecia a avó e a sala. Maciel sentara-se ao lado da velha, Maria Regina defronte de ambos. Enquanto a avó, restabelecida do susto, contava as comoções que padecera, a princípio sem saber de nada, depois imaginando que a criança teria morrido, os dois olhavam um para o outro, discretamente, e afinal esquecidamente. Maria Regina perguntava a si mesma onde acharia melhor noivo. A avó, que não era míope,

Dividendos: recompensas.

achou a contemplação excessiva, e falou de outra coisa; pediu ao Maciel algumas notícias de sociedade.

Allegro appassionato

Maciel era homem, como ele mesmo dizia em francês, ***très répandu***; sacou da **algibeira** uma porção de novidades miúdas e interessantes. A maior de todas foi a de estar desfeito o casamento de certa viúva.

— Não me diga isso! — exclamou a avó. — E ela?

— Parece que foi ela mesma que o desfez: o certo é que esteve anteontem no baile, dançou e conversou com muita animação. Oh! abaixo da notícia, o que fez mais sensação em mim foi o colar que ela levava, magnífico...

— Com uma cruz de brilhantes? — perguntou a velha. — Conheço; é muito bonito.

— Não, não é esse.

Maciel conhecia o da cruz, que ela levara à casa de um Mascarenhas; não era esse. Este outro ainda há poucos dias estava na loja do Resende, uma coisa linda. E descreveu-o todo, número, disposição e facetado das pedras; concluiu dizendo que foi a joia da noite.

— Para tanto luxo era melhor casar — ponderou maliciosamente a avó.

— Concordo que a fortuna dela não dá para isso. Ora, espere! Vou amanhã, ao Resende, por curiosidade, saber o preço por que o vendeu. Não foi barato, não podia ser barato.

— Mas por que é que se desfez o casamento?

— Não pude saber; mas tenho de jantar sábado com o Venancinho Correia, e ele conta-me tudo. Sabe que ainda é parente dela? Bom rapaz; está inteiramente brigado com o barão...

A avó não sabia da briga; Maciel contou-lha de princípio a fim, com todas as suas causas e agravantes. A última gota no **cálix** foi um dito à mesa de jogo, uma

***Allegro appassionato* (em italiano): alegre apaixonado. Expressão usada em música para indicar um andamento ardoroso e apaixonado.**

***Très répandu* (em francês): que sabe das novidades, que está a par das últimas notícias.**

Algibeira: bolso.

Cálix: cálice.

alusão ao defeito do Venancinho, que era canhoto*. Contaram-lhe isto, e ele rompeu inteiramente as relações com o barão. O bonito é que os parceiros do barão acusaram-se uns aos outros de terem ido contar as palavras deste. Maciel declarou que era regra sua não repetir o que ouvia à mesa do jogo, porque é lugar em que há certa franqueza.

Depois fez a estatística da Rua do Ouvidor, na véspera, entre uma e quatro horas da tarde. Conhecia os nomes das fazendas e todas as cores modernas. Citou as principais *toilettes* do dia. A primeira foi a de *Mme*. Pena Maia, baiana distinta, ***très pschutt***. A segunda foi a de *Mlle*. Pedrosa, filha de um desembargador de S. Paulo, ***adorable***. E apontou mais três, comparou depois as cinco, deduziu e concluiu. Às vezes esquecia-se e falava francês; pode mesmo ser que não fosse esquecimento, mas propósito; conhecia bem a língua, exprimia-se com facilidade e formulara um dia este **axioma etnológico** — que há parisienses em toda a parte. De caminho, explicou um problema de **voltarete**.

— A senhora tem cinco trunfos de espadilha e manilha, tem rei e dama de copas...

Maria Regina ia descambando da admiração no **fastio**: agarrava-se aqui e ali, contemplava a figura moça do Maciel, recordava a bela ação daquele dia, mas ia sempre escorregando; o fastio não tardava a absorvê-la. Não havia remédio. Então recorreu a um singular expediente. Tratou de combinar os dois homens, o presente com o ausente, olhando para um, e escutando o outro de memória; recurso violento e doloroso, mas tão eficaz, que ela pôde contemplar por algum tempo uma criatura perfeita e única.

Nisto apareceu o outro, o próprio Miranda. Os dois homens cumprimentaram-se friamente; Maciel demorou-se ainda uns dez minutos e saiu.

Miranda ficou. Era alto e seco, fisionomia dura e gelada. Tinha o rosto cansado, os cinquenta anos confessavam-se tais, nos cabelos grisalhos, nas rugas e na

*** Observe que, curiosamente, nessa época havia um preconceito contra os canhotos.**

***Très pschutt* (em francês): expressão que significa elegância exibicionista, exagerada.**

***Adorable* (em francês): adorável.**

Axioma etnológico: princípio sobre as raças.

Voltarete: antigo jogo de cartas. Observe que Maciel só trata de futilidades.

Fastio: tédio, aborrecimento.

pele. Só os olhos continham alguma coisa menos caduca. Eram pequenos, e escondiam-se por baixo da vasta **arcada do sobrolho**, mas lá, ao fundo, quando não estavam pensativos, **centelhavam** de mocidade. A avó perguntou-lhe, logo que Maciel saiu, se já tinha notícia do acidente do Engenho Velho, e contou-lho com grandes **encarecimentos**, mas o outro ouvia tudo sem admiração nem inveja.

— Não acha sublime? — perguntou ela, no fim.

— Acho que ele salvou talvez a vida a um desalmado que algum dia, sem o conhecer, pode meter-lhe uma faca na barriga.

— Oh! — protestou a avó.

— Ou mesmo conhecendo — emendou ele.

— Não seja mau — acudiu Maria Regina —; o senhor era bem capaz de fazer o mesmo, se ali estivesse.

Miranda sorriu de um modo **sardônico**. O riso acentuou-lhe a dureza da fisionomia. Egoísta e mau, este Miranda **primava** por um lado único: espiritualmente, era completo. Maria Regina achava nele o tradutor maravilhoso e fiel de uma porção de ideias que lutavam dentro dela, vagamente, sem forma ou expressão. Era engenhoso e fino e até profundo, tudo sem pedantice, e sem meter-se por matos cerrados, antes quase sempre na planície das conversações ordinárias; tão certo é que as coisas valem pelas ideias que nos sugerem. Tinham ambos os mesmos gostos artísticos; Miranda estudara direito para obedecer ao pai; a sua vocação era a música.

A avó, prevendo a sonata, aparelhou a alma para alguns cochilos. Demais, não podia admitir tal homem no coração; achava-o aborrecido e antipático. Calou-se no fim de alguns minutos. A sonata veio, no meio de uma conversação que Maria Regina achou **deleitosa**, e não veio senão porque ele lhe pediu que tocasse; ele ficaria de bom grado a ouvi-la.

— Vovó — disse ela —, agora há de ter paciência...

Miranda aproximou-se do piano. Ao pó das arandelas, a cabeça dele mostrava toda a fadiga dos anos, ao

Arcada do sobrolho: arco da sobrancelha.

Centelhavam: cintilavam, brilhavam.

Encarecimentos: elogios.

Sardônico: sarcástico, zombeteiro.

Primava: se destacava.

Deleitosa: agradável.

passo que a expressão da fisionomia era muito mais de pedra e **fel**.

Maria Regina notou a graduação, e tocava sem olhar para ele, difícil coisa, porque, se ele falava, as palavras entravam-lhe tanto pela alma, que a moça insensivelmente levantava os olhos, e dava logo com um velho ruim. Então é que se lembrava do Maciel, dos seus anos em flor, da fisionomia franca, meiga e boa, e afinal da ação daquele dia. Comparação tão cruel para o Miranda, como fora para o Maciel o **cotejo** dos seus espíritos. E a moça recorreu ao mesmo expediente. Completou um pelo outro; escutava a este com o pensamento naquele; e a música ia ajudando a ficção, indecisa a princípio, mas logo viva e acabada. Assim **Titânia**, ouvindo **namorada** a cantiga do tecelão, admirava-lhe as belas formas, sem advertir que a cabeça era de burro.

Minueto

Dez, vinte, trinta dias passaram depois daquela noite, e ainda mais vinte, e depois mais trinta. Não há cronologia certa; melhor é ficar no vago. A situação era a mesma. Era a mesma insuficiência individual dos dois homens, e o mesmo complemento ideal por parte dela; daí um terceiro homem, que ela não conhecia.

Maciel e Miranda desconfiavam um do outro, detestavam-se a mais e mais, e padeciam muito, Miranda principalmente, que era paixão da última hora. Afinal acabaram aborrecendo a moça. Esta viu-os ir pouco a pouco. A esperança ainda os fez **relapsos**, mas tudo morre, até a esperança, e eles saíram para nunca mais. As noites foram passando, passando... Maria Regina compreendeu que estava acabado.

A noite em que se persuadiu bem disto foi uma das mais belas daquele ano, clara, fresca, luminosa. Não havia lua; mas nossa amiga **aborrecia a lua** — não se sabe bem por quê, — ou porque brilha de empréstimo,

Fel: amargura.

Cotejo: comparação.

Titânia: nome da rainha das fadas e dos duendes na peça *Sonho de uma noite de verão*, de William Shakespeare (1564-1616).

Namorada: enamorada, apaixonada.

Relapsos: constantes, insistentes.

Aborrecia a lua: não gostava da lua.

ou porque toda a gente a admira, e pode ser que por ambas as razões. Era uma das suas esquisitices. Agora outra.

Tinha lido de manhã, em uma notícia de jornal, que há estrelas duplas, que nos parecem um só astro. Em vez de ir dormir, encostou-se à janela do quarto, olhando para o céu, a ver se descobria alguma delas; **baldado** esforço. Não a descobrindo no céu, procurou-a em si mesma, fechou os olhos para imaginar o fenômeno; astronomia fácil e barata, mas não sem risco. O pior que ela tem é pôr os astros ao alcance da mão; por modo que, se a pessoa abre os olhos e eles continuam a fulgurar lá em cima, grande é o desconsolo e certa a blasfêmia. Foi o que sucedeu aqui. Maria Regina viu dentro de si a estrela dupla e única. Separadas, valiam bastante; juntas, davam um astro esplêndido; e ela queria o astro esplêndido. Quando abriu os olhos e viu que o firmamento ficava tão alto, concluiu que a criação era um livro falho e incorreto, e desesperou.

No muro da chácara viu então uma coisa parecida com dois olhos de gato. A princípio teve medo, mas advertiu logo que não era mais que a reprodução externa dos dois astros que ela vira em si mesma e que tinham ficado impressos na retina. A retina desta moça fazia refletir cá fora todas as suas imaginações. Refrescando o vento recolheu-se, fechou a janela e meteu-se na cama.

Não dormiu logo, por causa de duas rodelas de opala que estavam incrustadas na parede; percebendo que era ainda uma ilusão, fechou os olhos e dormiu. Sonhou que morria, que a alma dela, levada aos ares, voava na direção de uma bela estrela dupla. O astro desdobrou-se, e ela voou para uma das duas porções; não achou ali a sensação primitiva e despenhou-se para outra; igual resultado, igual regresso, e ei-la a andar de uma para outra das duas estrelas separadas. Então uma voz surgiu do abismo, com palavras que ela não entendeu:

— É a tua **pena**, alma curiosa de perfeição; a tua pena é oscilar por toda a eternidade entre dois astros incompletos, ao som desta velha sonata do absoluto: lá, lá, lá...

Baldado: inútil.

Pena: punição.

ENTRE SANTOS

Quando eu era capelão de S. Francisco de Paula (contava um padre velho) aconteceu-me uma aventura extraordinária.

Morava **ao pé da igreja**, e recolhi-me tarde, uma noite. Nunca me recolhi tarde que não fosse ver primeiro se as portas do templo estavam bem fechadas. Achei-as bem fechadas, mas **lobriguei** luz por baixo delas. Corri assustado **à procura da ronda**; não a achei, tornei atrás e fiquei no **adro**, sem saber que fizesse. A luz, sem ser muito intensa, era-o demais para ladrões; além disso notei que era fixa e igual, não andava de um lado para outro, como seria a das velas ou lanternas de pessoas que estivessem roubando. O mistério arrastou-me; fui a casa buscar as chaves da sacristia (o sacristão tinha ido passar a noite em Niterói), benzi-me primeiro, abri a porta e entrei.

O corredor estava escuro. Levava comigo uma lanterna e caminhava devagarinho, calando o mais que podia o rumor dos sapatos. A primeira e a segunda porta que comunicam com a igreja estavam fechadas; mas via-se a mesma luz e, porventura, mais intensa que do lado da rua. Fui andando, até que dei com a terceira porta aberta. Pus a um canto a lanterna, com o meu lenço por cima, para que me não vissem de dentro, e aproximei-me a espiar o que era.

Detive-me logo. Com efeito, só então adverti que viera inteiramente desarmado e que ia correr grande risco aparecendo na igreja sem mais defesa que as duas mãos. Correram ainda alguns minutos. Na igreja a luz era a mesma, igual e geral, e de uma cor de leite que não tinha a luz das velas. Ouvi também vozes, que ainda mais me atrapalharam, não cochichadas nem confusas, mas regulares, claras e tranquilas, à maneira de conversação. Não pude entender logo o que diziam. No meio disto, assaltou-me uma ideia que me fez recuar. Como naquele tempo os cadáveres eram sepultados nas igre-

Ao pé da igreja: pertinho da igreja.

Lobriguei: avistei.

À procura da ronda: à procura dos guardas que faziam a vigilância noturna pela cidade.

Adro: parte exterior, em frente à igreja.

jas, imaginei que a conversação podia ser de defuntos. Recuei espavorido, e só passado algum tempo, é que pude reagir e chegar outra vez à porta, dizendo a mim mesmo que semelhante ideia era um disparate. A realidade ia dar-me coisa mais assombrosa que um diálogo de mortos. Encomendei-me a Deus, benzi-me outra vez e fui andando, sorrateiramente, encostadinho à parede, até entrar. Vi então uma coisa extraordinária.

Dois dos três santos do outro lado, S. José e S. Miguel (à direita de quem entra na igreja pela porta da frente), tinham descido dos nichos e estavam sentados nos seus altares. As dimensões não eram as das próprias imagens, mas de homens. Falavam para o lado de cá, onde estão os altares de S. João Batista e S. Francisco de Sales. Não posso descrever o que senti. Durante algum tempo, que não chego a calcular, fiquei sem ir para diante nem para trás, arrepiado e trêmulo. Com certeza, andei beirando o abismo da loucura, e não caí nele por misericórdia divina. Que perdi a consciência de mim mesmo e de toda outra realidade que não fosse aquela, tão nova e tão única, posso afirmá-lo; só assim se explica a temeridade com que, dali a algum tempo, entrei mais pela igreja, a fim de olhar também para o lado oposto. Vi aí a mesma coisa: S. Francisco de Sales e S. João, descidos dos nichos, sentados nos altares e falando com os outros santos.

Tinha sido tal a minha estupefação que eles continuaram a falar, creio eu, sem que eu sequer ouvisse o rumor das vozes. Pouco a pouco, adquiri a percepção delas e pude compreender que não tinham interrompido a conversação; distingui-as, ouvi claramente as palavras, mas não pude colher desde logo o sentido. Um dos santos, falando para o lado do altar-mor, fez-me voltar a cabeça, e vi então que S. Francisco de Paula, o **orago** da igreja, fizera a mesma coisa que os outros e falava para eles, como eles falavam entre si. As vozes não subiam do tom médio e, contudo, ouviam-se bem como se as ondas sonoras tivessem recebido um poder maior de

Orago: santo a quem é dedicada uma igreja ou capela, padroeiro.

transmissão. Mas, se tudo isso era espantoso, não menos o era a luz, que não vinha de parte nenhuma, porque os lustres e castiçais estavam todos apagados; era como um luar, que ali penetrasse, sem que os olhos pudessem ver a lua; comparação tanto mais exata quanto que, se fosse realmente luar, teria deixado alguns lugares escuros, como ali acontecia, e foi num desses recantos que me refugiei.

Já então procedia automaticamente. A vida que vivi durante esse tempo todo, não se pareceu com a outra vida anterior e posterior. Basta considerar que, diante de tão estranho espetáculo, fiquei absolutamente sem medo; perdi a reflexão, apenas sabia ouvir e contemplar.

Compreendi, no fim de alguns instantes, que eles inventariavam e comentavam as orações e implorações daquele dia. Cada um notava alguma coisa. Todos eles, temíveis psicólogos, tinham penetrado a alma e a vida dos fiéis, e **desfibravam** os sentimentos de cada um, como os anatomistas **escalpelam** um cadáver. S. João Batista e S. Francisco de Paula, duros **ascetas**, mostravam-se às vezes **enfadados** e absolutos. Não era assim S. Francisco de Sales; esse ouvia ou contava as coisas com a mesma **indulgência** que presidira ao seu famoso livro da *Introdução à Vida Devota*.

Era assim, segundo o temperamento de cada um, que eles iam narrando e comentando. Tinham já contado casos de fé sincera e **castiça**, outros de indiferença, **dissimulação e versatilidade**; os dois ascetas estavam a mais e mais anojados, mas S. Francisco de Sales recordava-lhes o texto da Escritura: muitos são os chamados e poucos os escolhidos, significando assim que nem todos os que ali iam à igreja levavam o coração puro. S. João abanava a cabeça.

— Francisco de Sales, digo-te que vou criando um sentimento singular em santo: começo a descrer dos homens.

— Exageras tudo, João Batista — atalhou o santo bispo —, não exageremos nada. Olha — ainda hoje

Desfibravam: investigavam (o interior de cada pessoa que tinha ido à igreja fazer um pedido aos santos).

Escalpelam: dissecam, examinam minuciosamente. Essa atitude analítica atribuída aos santos pode ser relacionada ao modo como o próprio Machado de Assis avalia o comportamento humano em seus textos?

Ascetas: pessoas que se dedicam a duros exercícios espirituais de autodisciplina e devoção religiosa.

Enfadados: entediados.

Indulgência: misericórdia, clemência.

Castiça: pura.

Dissimulação e versatilidade: fingimento e instabilidade.

aconteceu aqui uma coisa que me fez sorrir, e pode ser, entretanto, que te indignasse. Os homens não são piores do que eram em outros séculos; descontemos o que há neles ruim, e ficará muita coisa boa. Crê isto e hás de sorrir ouvindo o meu caso.

— Eu?

— Tu, João Batista, e tu também, Francisco de Paula, e todos vós haveis de sorrir comigo: e, pela minha parte, posso fazê-lo, pois já intercedi e alcancei do Senhor aquilo mesmo que me veio pedir esta pessoa.

— Que pessoa?

— Uma pessoa mais interessante que o teu escrivão, José, e que o teu lojista, Miguel...

— Pode ser — atalhou S. José —, mas não há de ser mais interessante que a adúltera que aqui veio hoje prostrar-se a meus pés. Vinha pedir-me que lhe limpasse o coração da lepra da luxúria. Brigara ontem mesmo com o namorado, que a **injuriou torpemente**, e passou a noite em lágrimas. De manhã, determinou abandoná-lo e veio buscar aqui a força precisa para sair das ganas do demônio. Começou rezando bem, cordialmente; mas pouco a pouco vi que o pensamento a ia deixando para **remontar aos primeiros deleites**. As palavras, paralelamente, iam ficando sem vida. Já a oração era morna, depois fria, depois inconsciente; os lábios, afeitos à reza, iam rezando; mas a alma, que eu espiava cá de cima, essa já não estava aqui, estava com o outro. Afinal **persignou-se**, levantou-se e saiu sem pedir nada.

— Melhor é o meu caso.

— Melhor que isto? — perguntou S. José curioso.

— Muito melhor — respondeu S. Francisco de Sales — e não é triste como o dessa pobre alma ferida do mal da terra, que a graça do Senhor ainda pode salvar. E por que não salvará também a esta outra? Lá vai o que é.

Calaram-se todos, inclinaram-se os bustos, atentos, esperando. Aqui fiquei com medo; lembrou-me que eles, que veem tudo o que se passa no interior da gente, como se fôssemos de vidro, pensamentos recônditos,

Injuriou torpemente: ofendeu de modo infame, ultrajante.

Remontar aos primeiros deleites: voltar aos antigos prazeres.

Persignou-se: fez o sinal da cruz.

intenções torcidas, ódios secretos, bem podiam ter-me lido já algum pecado ou gérmen de pecado. Mas não tive tempo de refletir muito; S. Francisco de Sales começou a falar.

— Tem cinquenta anos o meu homem — disse ele —; a mulher está de cama, doente de uma erisipela na perna esquerda. Há cinco dias vive aflito porque o mal agrava-se e a ciência não responde pela cura. Vede, porém, até onde pode ir um preconceito público. Ninguém acredita na dor do Sales (ele tem o meu nome), ninguém acredita que ele ame outra coisa que não seja dinheiro, e logo que houve notícia da sua aflição desabou em todo o bairro um aguaceiro de **motes e dichotes**; nem faltou quem acreditasse que ele gemia antecipadamente pelos gastos da sepultura.

— Bem podia ser que sim — ponderou S. João.

— Mas não era. Que ele é **usurário e avaro** não o nego; usurário, como a vida, e avaro, como a morte. Ninguém extraiu nunca tão implacavelmente da **algibeira** dos outros o ouro, a prata, o papel e o cobre; ninguém os **amuou** com mais zelo e prontidão. Moeda que lhe cai na mão dificilmente torna a sair; e tudo o que lhe sobra das casas mora dentro de um armário de ferro, fechado a sete chaves. Abre-o às vezes, por horas mortas, contempla o dinheiro alguns minutos, e fecha-o outra vez depressa; mas nessas noites não dorme, ou dorme mal. Não tem filhos. A vida que leva é **sórdida**; come para não morrer, pouco e ruim. A família compõe-se da mulher e de uma preta escrava, comprada com outra, há muitos anos, e às escondidas, por serem de contrabando. Dizem até que nem as pagou, porque o vendedor faleceu logo sem deixar nada escrito. A outra preta morreu há pouco tempo; e aqui vereis se este homem tem ou não o gênio da economia; Sales libertou o cadáver...

E o santo bispo calou-se para saborear o espanto dos outros.

— O cadáver?

Motes e dichotes: zombarias e gracejos humilhantes.

Usurário e avaro: mesquinho e avarento.

Algibeira: bolso.

Amuou: guardou muito bem.

Sórdida: miserável.

— Sim, o cadáver. Fez enterrar a escrava como pessoa livre e miserável, para não acudir às despesas da sepultura. Pouco embora, era alguma coisa. E para ele não há pouco; com pingos d'água que se alagam as ruas. Nenhum desejo de representação, nenhum gosto nobiliário; tudo isso custa dinheiro, e ele diz que o dinheiro não lhe cai do céu. Pouca **sociedade**, nenhuma recreação de família. Ouve e conta anedotas da vida alheia, que é regalo gratuito.

— Compreende-se a incredulidade pública — ponderou S. Miguel.

— Não digo que não, porque o mundo não vai além da superfície das coisas. O mundo não vê que, além de **caseira eminente**, educada por ele, e sua confidente de mais de vinte anos, a mulher deste Sales é amada deveras pelo marido. Não te espantes, Miguel; naquele muro **aspérrimo** brotou uma flor descorada e sem cheiro, mas flor. A botânica sentimental tem dessas anomalias. Sales ama a esposa; está abatido e desvairado com a ideia de a perder. Hoje de manhã, muito cedo, não tendo dormido mais de duas horas, entrou a cogitar no desastre próximo. Desesperando da terra, voltou-se para Deus; pensou em nós, e especialmente em mim que sou o santo do seu nome. Só um milagre podia salvá-la; determinou vir aqui. Mora perto, e veio correndo. Quando entrou trazia o olhar brilhante e esperançado; podia ser a luz da fé, mas era outra coisa muito particular, que vou dizer. Aqui peço-vos que redobreis de atenção.

Vi os bustos inclinarem-se ainda mais; eu próprio não pude esquivar-me ao movimento e dei um passo para diante. A narração do santo foi tão longa e miúda, a análise tão complicada, que não as ponho aqui integralmente, mas em substância.

— Quando pensou em vir pedir-me que intercedesse pela vida da esposa, Sales teve uma ideia específica de usurário, a de prometer-me uma **perna de cera**. Não foi o crente, que simboliza desta maneira a lembrança do benefício; foi o usurário que pensou em

Sociedade: vida social.

Caseira eminente: dona de casa excelente.

Aspérrimo: muito bruto, rude.

Perna de cera: ele prometeu mandar fazer uma perna de cera para dedicar ao santo se a mulher ficasse curada do problema na perna esquerda. Observe que o santo critica a mesquinhez do homem, que, em troca da vida da mulher, pensa em dar apenas isso como retribuição.

forçar a graça divina pela **expectação** do lucro. E não foi só a usura que falou, mas também a avareza: porque em verdade, dispondo-se à promessa, mostrava ele querer deveras a vida da mulher — intuição de avaro; — **despender** é documentar: só se quer de coração aquilo que se paga a dinheiro, disse-lho a consciência pela mesma boca escura. Sabeis que pensamentos tais não se formulam como outros, nascem das entranhas do caráter e ficam na penumbra da consciência. Mas eu li tudo nele logo que aqui entrou alvoroçado, com o olhar **fúlgido** de esperança; li tudo e esperei que acabasse de benzer-se e rezar.

— Ao menos, tem alguma religião — ponderou S. José.

— Alguma tem, mas vaga e econômica. Não entrou nunca em irmandades e ordens terceiras, porque nelas se rouba o que pertence ao Senhor; é o que ele diz para conciliar a devoção com a algibeira. Mas não se pode ter tudo; é certo que ele teme a Deus e crê na doutrina.

— Bem, ajoelhou-se e rezou.

— Rezou. Enquanto rezava, via eu a pobre alma, que padecia deveras, conquanto a esperança começasse a trocar-se em certeza intuitiva. Deus tinha de salvar a doente, por força, graças à minha intervenção, e eu ia interceder; é o que ele pensava, enquanto os lábios repetiam as palavras da oração. Acabando a oração, ficou Sales algum tempo olhando, com as mãos postas; afinal falou a boca do homem, falou para confessar a dor, para jurar que nenhuma outra mão, além da do Senhor, podia atalhar o golpe. A mulher ia morrer... ia morrer... ia morrer... E repetia a palavra, sem sair dela. A mulher ia morrer. Não passava adiante. Prestes a formular o pedido e a promessa não achava palavras **idôneas**, nem aproximativas, nem sequer **dúbias**, não achava nada, tão longo era o descostume de dar alguma coisa. Afinal saiu o pedido; a mulher ia morrer, ele rogava-me que a salvasse, que pedisse por ela ao Senhor. A promessa, porém, é que não acabava de sair. No momento em que

Expectação: desejo.

Despender: gastar.

Fúlgido: brilhante.

Idôneas: sinceras, honestas.

Dúbias: incertas.

a boca ia articular a primeira palavra, a gana da avareza mordia-lhe as entranhas e não deixava sair nada. Que a salvasse... que intercedesse por ela...

No ar, diante dos olhos, recortava-se-lhe a perna de cera, e logo a moeda que ela havia de custar. A perna desapareceu, mas ficou a moeda, redonda, luzidia, amarela, ouro puro, completamente ouro, melhor que o dos castiçais do meu altar, apenas dourados. Para onde quer que virasse os olhos, via a moeda, girando, girando, girando. E os olhos a apalpavam, de longe, e transmitiam-lhe a sensação fria do metal e até a do relevo do cunho. Era ela mesma, velha amiga de longos anos, companheira do dia e da noite, era ela que ali estava no ar, girando, às tontas; era ela que descia do teto, ou subia do chão, ou rolava no altar, indo **da Epístola ao Evangelho**, ou tilintava nos pingentes do lustre.

Agora a súplica dos olhos e a melancolia deles eram mais intensas e puramente voluntárias. Vi-os alongarem-se para mim, cheios de **contrição**, de humilhação, de desamparo; e a boca ia dizendo algumas coisas soltas — Deus — os anjos do Senhor — as **bentas chagas** —, palavras lacrimosas e trêmulas, como para pintar por elas a sinceridade da fé e a imensidade da dor. Só a promessa da perna é que não saía. Às vezes, a alma, como pessoa que recolhe as forças, a fim de saltar um valo, fitava longamente a morte da mulher e **rebolcava-se** no desespero que ela lhe havia de trazer; mas, à beira do **valo**, quando ia a dar o salto, recuava. A moeda emergia dele e a promessa ficava no coração do homem.

O tempo ia passando. A alucinação crescia, porque a moeda, acelerando e multiplicando os saltos, multiplicava-se a si mesma e parecia uma infinidade delas; e o conflito era cada vez mais trágico. De repente, o receio de que a mulher podia estar expirando, gelou o sangue ao pobre homem e ele quis precipitar-se. Podia estar expirando... Pedia-me que intercedesse por ela, que a salvasse...

Aqui o demônio da avareza sugeria-lhe uma transação nova, uma troca de espécie, dizendo-lhe que o valor

Da Epístola ao Evangelho: de um lado a outro do altar.

Contrição: pesar, arrependimento.

Bentas chagas: abençoadas chagas (alusão às marcas do sofrimento físico de Jesus no momento da crucificação).

Rebolcava-se: mergulhava.

Valo: vala, fosso.

da oração era superfino e muito mais excelso que o das obras terrenas. E o Sales, curvo, contrito, com as mãos postas, o olhar submisso, desamparado, resignado, pedia-me que lhe salvasse a mulher. Que lhe salvasse a mulher, e prometia-me trezentos — não menos — trezentos padre-nossos e trezentas ave-marias. E repetia enfático: trezentos, trezentas, trezentos... Foi subindo, chegou a quinhentos, a mil padre-nossos e mil ave-marias. Não via esta soma escrita por letras do alfabeto, mas em algarismos, como se ficasse assim mais viva, mais exata, e a obrigação maior, e maior também a sedução. Mil padre-nossos, mil ave-marias. E voltaram as palavras lacrimosas e trêmulas, as bentas chagas, os anjos do senhor... 1000 — 1000 — 1000. Os quatro algarismos foram crescendo tanto, que encheram a igreja de alto a baixo, e com eles, crescia o esforço do homem, e a confiança também; a palavra saía-lhe mais rápida, impetuosa, já falada, mil, mil, mil, mil... Vamos lá, podeis rir à vontade — concluiu S. Francisco de Sales.

E os outros santos riram efetivamente, não daquele grande riso descomposto dos deuses de **Homero**, quando viram o coxo **Vulcano** servir à mesa, mas de um riso modesto, tranquilo, beato e católico.

Depois, não pude ouvir mais nada. Caí redondamente no chão. Quando dei por mim era dia claro... Corri a abrir todas as portas e janelas da igreja e da sacristia, para deixar entrar o sol, inimigo dos maus sonhos.

Homero: escritor grego do século VIII a.C.

Vulcano: um dos deuses da mitologia grega. Era coxo, isto é, manco.

UM HOMEM CÉLEBRE

— Ah! o senhor é que é o Pestana? — perguntou Sinhazinha Mota, fazendo um largo gesto admirativo. E logo depois, corrigindo a familiaridade: — Desculpe meu modo, mas... é mesmo o senhor?

Vexado, aborrecido, Pestana respondeu que sim, que era ele. Vinha do piano, enxugando a testa com o lenço, e ia a chegar à janela, quando a moça o fez parar. Não era baile; apenas um sarau íntimo, pouca gente, vinte pessoas ao todo, que tinham ido jantar com a viúva Camargo, rua do Areal, naquele dia dos anos dela, cinco de novembro de 1875... Boa e **patusca** viúva! Amava o riso e a folga, apesar dos sessenta anos em que entrava, e foi a última vez que folgou e riu, pois faleceu nos primeiros dias de 1876. Boa e patusca viúva! Com que alma e **diligência** arranjou ali umas danças, logo depois do jantar, pedindo ao Pestana que tocasse uma quadrilha! Nem foi preciso acabar o pedido; Pestana curvou-se gentilmente, e correu ao piano. Finda a quadrilha, mal teriam descansado uns dez minutos, a viúva correu novamente ao Pestana para um obséquio mui particular.

— Diga, minha senhora.

— É que nos toque agora aquela sua **polca** *Não bula comigo, nhonhô.*

Pestana fez uma careta, mas dissimulou depressa, inclinou-se calado, sem gentileza, e foi para o piano, sem entusiasmo. Ouvidos os primeiros compassos, derramou-se pela sala uma alegria nova, os cavalheiros correram às damas, e os pares entraram a saracotear a polca da moda. Da moda; tinha sido publicada vinte dias antes, e já não havia recanto da cidade em que não fosse conhecida. Ia chegando à consagração do assobio e da cantarola noturna*.

Sinhazinha Mota estava longe de supor que aquele Pestana que ela vira à mesa de jantar e depois ao piano, metido numa sobrecasaca cor de rapé, cabelo negro,

Patusca: brincalhona, festeira.

Diligência: zelo, cuidado.

Polca: música ligeira, de ritmo alegre e contagiante, muito popular no século XIX.

* Isto é, chegando à consagração de cair na boca do povo, de ser conhecida por todas as pessoas.

longo e cacheado, olhos **cuidosos**, queixo rapado, era o mesmo Pestana compositor; foi uma amiga que lho disse quando o viu vir do piano, acabada a polca. Daí a pergunta admirativa. Vimos que ele respondeu aborrecido e vexado. Nem assim as duas moças lhe pouparam finezas, tais e tantas, que a mais modesta vaidade se contentaria de as ouvir; ele recebeu-as cada vez mais **enfadado**, até que, alegando dor de cabeça, pediu licença para sair. Nem elas, nem a dona da casa, ninguém logrou retê-lo. Ofereceram-lhe remédios caseiros, algum repouso, não aceitou nada, teimou em sair e saiu.

Rua fora, caminhou depressa, com medo de que ainda o chamassem; só afrouxou, depois que dobrou a esquina da rua Formosa. Mas aí mesmo esperava-o a sua grande polca festiva. De uma casa modesta, à direita, a poucos metros de distância, saíam as notas da composição do dia, sopradas em clarineta. Dançava-se. Pestana parou alguns instantes, pensou em **arrepiar caminho**, mas dispôs-se a andar, **estugou** o passo, atravessou a rua, e seguiu pelo lado oposto ao da casa do baile. As notas foram-se perdendo, ao longe, e o nosso homem entrou na rua do Aterrado, onde morava. Já perto de casa viu vir dois homens: um deles, passando rentezinho com o Pestana, começou a assobiar a mesma polca, rijamente, com brio, e o outro pegou a tempo na música, e aí foram os dois abaixo, ruidosos e alegres, enquanto o autor da peça, desesperado, corria a meter-se em casa.

Em casa, respirou. Casa velha, escada velha, um preto velho que o servia, e que veio saber se ele queria cear.

— Não quero nada — bradou o Pestana —; faça-me café, e vá dormir.

Despiu-se, enfiou uma camisola, e foi para a sala dos fundos. Quando o preto acendeu o gás da sala, Pestana sorriu e, dentro d'alma, cumprimentou uns dez retratos que pendiam da parede. Um só era a óleo, o de um padre, que o educara, que lhe ensinara latim e música, e que, segundo os ociosos, era o próprio pai

Cuidosos: pensativos, preocupados.

Enfadado: entediado.

Arrepiar caminho: mudar de caminho.

Estugou: apressou.

do Pestana. Certo é que lhe deixou em herança aquela casa velha, e os velhos trastes, ainda do tempo de Pedro I. Compusera alguns **motetes** o padre, era doido por música, sacra ou profana, cujo gosto incutiu no moço, ou também lhe transmitiu no sangue, se é que tinham razão as **bocas vadias**, coisa de que se não ocupa a minha história, como ides ver.

Os demais retratos eram de compositores clássicos. Cimarosa, Mozart, Beethoven, Gluck, Bach, Schumann, e ainda uns três, alguns gravados, outros litografados, todos mal **encaixilhados** e de diferente tamanho, mas postos ali como santos de uma igreja. O piano era o altar; o evangelho da noite lá estava aberto: era uma sonata de Beethoven.

Veio o café; Pestana engoliu a primeira xícara, e sentou-se ao piano. Olhou para o retrato de Beethoven, e começou a executar a sonata, sem saber de si, desvairado ou absorto, mas com grande perfeição. Repetiu a peça; depois parou alguns instantes, levantou-se e foi a uma das janelas. Tornou ao piano; era a vez de Mozart, pegou de um trecho, e executou-o do mesmo modo, com a alma **alhures**. Haydn levou-o à meia-noite e à segunda xícara de café.

Entre meia-noite e uma hora, Pestana pouco mais fez que estar à janela e olhar para as estrelas, entrar e olhar para os retratos. De quando em quando ia ao piano, e, de pé, dava uns golpes soltos no teclado, como se procurasse algum pensamento; mas o pensamento não aparecia e ele voltava a encostar-se à janela. As estrelas pareciam-lhe outras tantas notas musicais fixadas no céu à espera de alguém que as fosse descolar; tempo viria em que o céu tinha de ficar vazio, mas então a terra seria uma constelação de partituras. Nenhuma imagem, desvario ou reflexão trazia uma lembrança qualquer de Sinhazinha Mota, que entretanto, a essa mesma hora, adormecia pensando nele, famoso autor de tantas polcas amadas. Talvez a ideia conjugal tirou à moça alguns momentos de sono. Que tinha? Ela ia

Motetes: certo tipo de composição musical religiosa para ser cantada.

Bocas vadias: isto é, os fofoqueiros.

Encaixilhados: emoldurados.

Alhures: em outro lugar.

em vinte anos, ele em trinta, boa conta. A moça dormia ao som da polca, ouvida de cor, enquanto o autor desta não cuidava nem da polca nem da moça, mas das velhas obras clássicas, interrogando o céu e a noite, rogando aos anjos, em último caso ao diabo. Por que não faria ele uma só que fosse daquelas páginas imortais?

Às vezes, como que ia surgir das profundezas do inconsciente uma aurora de ideia; ele corria ao piano, para **aventá-la** inteira, traduzi-la, em sons, mas era em vão; a ideia esvaía-se. Outras vezes, sentado, ao piano, deixava os dedos correrem, **à ventura**, a ver se as fantasias brotavam deles, como dos de Mozart; mas nada, nada, a inspiração não vinha, a imaginação deixava-se estar dormindo. Se acaso uma ideia aparecia, definida e bela, era eco apenas de alguma peça alheia, que a memória repetia, e que ele supunha inventar. Então, irritado, erguia-se, jurava abandonar a arte, ir plantar café ou puxar carroça; mas daí a dez minutos, ei-lo outra vez, com os olhos em Mozart, a imitá-lo ao piano.

Duas, três, quatro horas. Depois das quatro foi dormir; estava cansado, desanimado, morto; tinha que dar lições no dia seguinte. Pouco dormiu; acordou às sete horas.

Vestiu-se e almoçou.

— Meu senhor quer a bengala ou o chapéu de sol? — perguntou o preto, segundo as ordens que tinha, porque as distrações do senhor eram frequentes.

— A bengala.

— Mas parece que hoje chove.

— Chove — repetiu Pestana maquinalmente.

— Parece que sim, senhor, o céu está meio escuro.

Pestana olhava para o preto, vago, preocupado. De repente:

— Espera aí.

Correu à sala dos retratos, abriu o piano, sentou-se e espalmou as mãos no teclado.

Começou a tocar alguma coisa própria, uma inspiração real e pronta, uma polca, uma polca **buliçosa**,

Aventá-la: trazê-la à luz.

À ventura: ao acaso.

Buliçosa: movimentada, alegre.

como dizem os anúncios. Nenhuma repulsa da parte do compositor; os dedos iam arrancando as notas, ligando-as, meneando-as; dir-se-ia que a **musa** compunha e bailava a um tempo. Pestana esquecera as discípulas, esquecera o preto, que o esperava com a bengala e o guarda-chuva, esquecera até os retratos que pendiam gravemente da parede. Compunha só, teclando ou escrevendo, sem os vãos esforços da véspera, sem **exasperação**, sem nada pedir ao céu, sem interrogar os olhos de Mozart. Nenhum tédio. Vida, graça, novidade, escorriam-lhe da alma como de uma fonte perene.

Em pouco tempo estava a polca feita. Corrigiu ainda alguns pontos quando voltou para jantar: mas já a cantarolava, andando, na rua. Gostou dela; na composição recente e inédita circulava o sangue da paternidade e da vocação. Dois dias depois, foi levá-la ao editor das outras polcas suas que andariam já por umas trinta. O editor achou-a linda.

— Vai fazer grande efeito.

Veio a questão do título. Pestana, quando compôs a primeira polca, em 1871, quis dar-lhe um título poético, escolheu este: *Pingos de sol*. O editor abanou a cabeça, e disse-lhe que os títulos deviam ser, já de si, destinados à popularidade, ou por alusão a algum sucesso do dia — ou pela graça das palavras; indicou-lhe dois: *A lei de 28 de setembro*, ou *Candongas não fazem festa*.

— Mas que quer dizer Candongas não fazem festa? — perguntou o autor.

— Não quer dizer nada, mas populariza-se logo.

Pestana, ainda **donzel inédito**, recusou qualquer das denominações e guardou a polca; mas não tardou que compusesse outra, e a comichão da publicidade levou-o a imprimir as duas, com os títulos que ao editor parecessem mais atraentes ou apropriados.

Assim se regulou pelo tempo adiante.

Agora, quando Pestana entregou a nova polca, e passaram ao título, o editor acudiu que trazia um, desde muitos dias, para a primeira obra que ele lhe apresen-

Musa: figura feminina da mitologia grega que inspirava os artistas. Nesta passagem, tem o sentido geral de "inspiração". A música saía tão facilmente dos olhos do maestro que era como se a própria musa compusesse a melodia e bailasse ao mesmo tempo.

Exasperação: irritação profunda.

Donzel inédito: nessa passagem, tem o sentido de jovem autor inédito, que ainda não publicou nada.

tasse, título **de espavento**, longo e **meneado**. Era este: *Senhora dona, guarde o seu balaio.*

— E para a vez seguinte — acrescentou — já trago outro de cor.

Exposta à venda, esgotou-se logo a primeira edição. A fama do compositor bastava à procura; mas a obra em si mesma era adequada ao gênero, original, convidava a dançá-la e decorava-se depressa. Em oito dias, estava célebre. Pestana, durante os primeiros, andou deveras namorado da composição, gostava de a cantarolar baixinho, detinha-se na rua, para ouvi-la tocar em alguma casa, e zangava-se quando não a tocavam bem. Desde logo, as orquestras de teatro a executaram, e ele lá foi a um deles. Não desgostou também de a ouvir assobiada, uma noite, por um vulto que descia a rua do Aterrado.

Essa lua de mel durou apenas um quarto de lua. Como das outras vezes, e mais depressa ainda, os velhos mestres retratados o fizeram sangrar de remorsos. Vexado e enfastiado, Pestana arremeteu contra aquela que o viera consolar tantas vezes, musa de olhos marotos e gestos arredondados, fácil e graciosa. E aí voltaram as náuseas de si mesmo, o ódio a quem lhe pedia a nova polca da moda, e juntamente o esforço de compor alguma coisa ao sabor clássico, uma página que fosse, uma só, mas tal que pudesse ser encadernada entre Bach e Schumann. Vão estudo, inútil esforço. Mergulhava naquele **Jordão sem sair batizado**. Noites e noites, gastou-as assim, confiado e teimoso, certo de que a vontade era tudo, e que, uma vez que abrisse mão da música fácil...

— As polcas que vão para o inferno fazer dançar o diabo — disse ele um dia, de madrugada, ao deitar-se.

Mas as polcas não quiseram ir tão fundo. Vinham à casa de Pestana, à própria sala dos retratos, irrompiam tão prontas, que ele não tinha mais que o tempo de as compor, imprimi-las depois, gostá-las alguns dias, aborrecê-las, e tornar às velhas fontes, donde lhe não **manava** nada. Nessa alternativa viveu até casar, e depois de casar.

De espavento: que chama a atenção.

Meneado: sugestivo.

Jordão sem sair batizado: segundo a Bíblia, João Batista batizava os convertidos nas águas do rio Jordão. Ironicamente, o narrador comenta que Pestana "mergulhava" nos compositores clássicos, mas não conseguia "sair batizado", isto é, não conseguia produzir nada como eles. A sua musa (a inspiração) só o fazia produzir as polcas populares que as pessoas em geral admiravam.

Manava: saía.

— Casar com quem? — perguntou Sinhazinha Mota ao tio escrivão que lhe deu aquela notícia.

— Vai casar com uma viúva.

— Velha?

— Vinte e sete anos.

— Bonita?

— Não, nem feia, assim, assim. Ouvi dizer que ele se enamorou dela, porque a ouviu cantar na última festa de S. Francisco de Paula. Mas ouvi também que ela possui outra **prenda**, que não é rara, mas vale menos: está **tísica**.

Os escrivães não deviam ter espírito — mau espírito, quero dizer. A sobrinha deste sentiu no fim um pingo de bálsamo, que lhe curou a dentadinha da inveja. Era tudo verdade. Pestana casou daí a dias com uma viúva de vinte e sete anos, boa cantora e tísica.

Recebeu-a como a esposa espiritual do seu gênio. O **celibato** era, sem dúvida, a causa da esterilidade e do **transvio**, dizia ele consigo; artisticamente considerava-se um **arruador de horas mortas**; tinha as polcas por aventuras de **petimetres**. Agora, sim, é que ia **engendrar** uma família de obras sérias, profundas, inspiradas e trabalhadas.

Essa esperança abotoou desde as primeiras horas do amor, e desabrochou à primeira aurora do casamento. Maria, balbuciou a alma dele, dá-me o que não achei na solidão das noites, nem no tumulto dos dias.

Desde logo, para comemorar o **consórcio**, teve ideia de compor um **noturno**. Chamar-lhe-ia *Ave Maria*. A felicidade como que lhe trouxe um princípio de inspiração; não querendo dizer nada à mulher, antes de pronto, trabalhava às escondidas; coisa difícil, porque Maria, que amava igualmente a arte, vinha tocar com ele, ou ouvi-lo somente, horas e horas, na sala dos retratos. Chegaram a fazer alguns concertos semanais, com três artistas, amigos do Pestana. Um domingo, porém, não se pôde ter o marido, e chamou a mulher para tocar um trecho do noturno; não lhe disse o que era nem

Prenda: qualidade.

Tísica: tuberculosa.

Celibato: estado de solteiro.

Transvio: perda do caminho certo. Isto é, ele pensava que, se fosse casado, acharia um rumo mais certeiro para compor música séria, digna dos grandes compositores.

Arruador de horas mortas: alguém que andava à toa pelas ruas desertas.

Petimetres: pessoas levianas, superficiais.

Engendrar: gerar.

Consórcio: casamento.

Noturno: composição musical para piano, geralmente de tom sério, meditativo.

de quem era. De repente, parando, interrogou-a com os olhos.

— Acaba — disse Maria —; não é Chopin?

Pestana empalideceu; fitou os olhos no ar, repetiu um ou dois trechos e ergueu-se. Maria assentou-se ao piano, e, depois de algum esforço de memória, executou a peça de Chopin. A ideia, o motivo eram os mesmos; Pestana achara-os em algum daqueles becos escuros da memória, velha cidade de traições. Triste, desesperado, saiu de casa, e dirigiu-se para o lado da ponte, caminho de S. Cristóvão.

— Para que lutar? — dizia ele. — Vou com as polcas... Viva a polca!

Homens que passavam por ele, e ouviam isto, ficavam olhando, como para um doido. E ele ia andando, alucinado, mortificado, eterna peteca entre a ambição e a vocação... Passou o velho matadouro; ao chegar à porteira da estrada de ferro, teve ideia de ir pelo trilho acima e esperar o primeiro trem que viesse e o esmagasse. O guarda fê-lo recuar. Voltou a si e tornou a casa.

Poucos dias depois — uma clara e fresca manhã de maio de 1876 —, eram seis horas, Pestana sentiu nos dedos um frêmito particular e conhecido. Ergueu-se devagarinho, para não acordar Maria, que tossira toda a noite, e agora dormia profundamente. Foi para a sala dos retratos, abriu o piano, e, o mais surdamente que pôde, extraiu uma polca. Fê-la publicar com um pseudônimo; nos dois meses seguintes compôs e publicou mais duas. Maria não soube nada; ia tossindo e morrendo, até que expirou, uma noite, nos braços do marido, apavorado e desesperado.

Era noite de Natal. A dor do Pestana teve um acréscimo, porque na vizinhança havia um baile, em que se tocaram várias de suas melhores polcas. Já o baile era duro de **sofrer**; as suas composições davam-lhe um ar de ironia e perversidade. Ele sentia a cadência dos passos, adivinhava os movimentos, porventura **lúbricos**, a que obrigava alguma daquelas composições; tudo isso ao

Sofrer: suportar.

Lúbricos: sensuais.

pé do cadáver pálido, um **molho** de ossos, estendido na cama... Todas as horas da noite passaram assim, vagarosas ou rápidas, úmidas de lágrimas e de suor, de **águas da Colônia e de Labarraque**, saltando sem parar, como ao som da polca de um grande Pestana invisível.

Enterrada a mulher, o viúvo teve uma única preocupação: deixar a música, depois de compor um **réquiem**, que faria executar no primeiro aniversário da morte de Maria. Escolheria outro emprego, escrevente, carteiro, mascate, qualquer coisa que lhe fizesse esquecer a arte assassina e surda.

Começou a obra: empregou tudo, arrojo, paciência, meditação, e até, os caprichos do acaso, como fizera outrora, imitando Mozart. Releu e estudou o Réquiem deste autor. Passaram-se semanas e meses. A obra, **célere** a princípio, afrouxou o andar. Pestana tinha altos e baixos. Ora achava-a incompleta, não lhe sentia a alma sacra, nem ideia, nem inspiração, nem método; ora elevava-se-lhe o coração e trabalhava com vigor. Oito meses, nove, dez, onze, e o réquiem não estava concluído. Redobrou de esforços; esqueceu lições e amizades. Tinha refeito muitas vezes a obra; mas agora queria concluí-la, fosse como fosse. Quinze dias, oito, cinco... A aurora do aniversário veio achá-lo trabalhando.

Contentou-se da missa rezada e simples, para ele só. Não se pode dizer se todas as lágrimas que lhe vieram sorrateiramente aos olhos, foram do marido, ou se algumas eram do compositor*. Certo é que nunca mais tornou ao réquiem.

"Para quê?" dizia ele a si mesmo.

Correu ainda um ano. No princípio de 1878, apareceu-lhe o editor.

Lá vão dois anos — disse este — que nos não dá um ar da sua graça. Toda a gente pergunta se o senhor perdeu o talento. Que tem feito?

— Nada.

— Bem sei o golpe que o feriu; mas lá vão dois anos. Venho propor-lhe um contrato: vinte polcas durante

Molho (ó): monte.

Águas da Colônia e de Labarraque: a primeira é um tipo de perfume suave; a segunda é um preparado medicamentoso. Essas referências evidenciam o sofrimento de Pestana naquela noite, quando se misturavam os sons das festas da vizinhança aos da agonia da mulher.

Réquiem: música dedicada aos mortos. Essa palavra vem do latim *requiem*, que significa descanso, repouso.

Célere: acelerada, rápida.

*** Observe o comentário sutil do narrador: será que Pestana chorava a perda da mulher ou o fracasso por não ter conseguido compor o réquiem?**

doze meses; o preço antigo, e uma porcentagem maior na venda. Depois, acabado o ano, podemos renovar.

Pestana **assentiu** com um gesto. Poucas lições tinha, vendera a casa para saldar dívidas, e as necessidades iam comendo o resto, que era **assaz** escasso. Aceitou o contrato.

— Mas a primeira polca há de ser já — explicou o editor. — É urgente. Viu a carta do Imperador ao Caxias? Os liberais foram chamados ao poder; vão fazer a reforma eleitoral. A polca há de chamar-se: *Bravos à eleição direta!* Não é política; é um bom título de ocasião.

Pestana compôs a primeira obra do contrato. Apesar do longo tempo de silêncio, não perdera a originalidade nem a inspiração. Trazia a mesma nota genial. As outras polcas vieram vindo, regularmente. Conservara os retratos e os repertórios; mas fugia de gastar todas as noites ao piano, para não cair em novas tentativas. Já agora pedia uma entrada de graça, sempre que havia alguma boa ópera ou concerto de artista, ia, metia-se a um canto, gozando aquela porção de coisas que nunca lhe haviam de brotar do cérebro. Uma ou outra vez, ao tornar para casa, cheio de música, despertava nele o maestro inédito; então, sentava-se ao piano, e, sem ideia, tirava algumas notas, até que ia dormir, vinte ou trinta minutos depois.

Assim foram passando os anos, até 1885. A fama do Pestana dera-lhe definitivamente o primeiro lugar entre os compositores de polcas; mas o primeiro lugar da aldeia não contentava a este César, que continuava a preferir-lhe, não o segundo, mas o centésimo em Roma*. Tinha ainda as alternativas de outro tempo, acerca de suas composições; a diferença é que eram menos violentas. Nem entusiasmo nas primeiras horas, nem horror depois da primeira semana; algum prazer e certo fastio.

Naquele ano, apanhou uma febre de nada, que em poucos dias cresceu, até virar **perniciosa**. Já estava em perigo, quando lhe apareceu o editor, que não sabia da

Assentiu: concordou.

Assaz: bastante.

* O general romano Júlio César dizia que preferia ser o primeiro em uma aldeia do que o segundo em Roma. Pestana, ao contrário, preferia ser o centésimo entre os compositores clássicos a ser o primeiro dos populares.

Perniciosa: nociva, perigosa.

doença, e ia dar-lhe notícia da subida dos conservadores, e pedir-lhe uma polca de ocasião. O enfermeiro, **pobre clarineta de teatro**, referiu-lhe o estado do Pestana, de modo que o editor entendeu calar-se. O doente é que **instou** para que lhe dissesse o que era; o editor obedeceu.

— Mas há de ser quando estiver bom de todo — concluiu.

— Logo que a febre decline um pouco — disse o Pestana.

Seguiu-se uma pausa de alguns segundos. O clarineta foi pé ante pé preparar o remédio; o editor levantou-se e despediu-se.

— Adeus.

— Olhe — disse o Pestana —, como é provável que eu morra por estes dias, faço-lhe logo duas polcas; a outra servirá para quando subirem os liberais.

Foi a única **pilhéria** que disse em toda a vida, e era tempo, porque expirou na madrugada seguinte, às quatro horas e cinco minutos, bem com os homens e mal consigo mesmo.

Pobre clarineta de teatro: isto é, um simples clarinetista que toca em teatros.

Instou: insistiu.

Pilhéria: gracejo, piada.

O ALIENISTA E OUTROS CONTOS

Comentários sobre a obra

O conto literário surgiu no Brasil no século XIX, com o desenvolvimento do Romantismo e do Realismo. E na segunda metade desse século foi bastante praticado por nossos escritores.

Dotado de grande talento para a história curta, Machado de Assis é o principal contista do século XIX e um dos mais importantes de toda a literatura em língua portuguesa.

Em seus contos, faz pequenas obras-primas de fina análise psicológica e social, investigando as razões ocultas ou dissimuladas do comportamento humano. As peripécias do enredo, quase sempre, são apenas pano de fundo para o estudo do caráter das personagens.

Nesta antologia, o leitor encontrará dez contos machadianos, com histórias que compõem não só um rico e diversificado panorama da vida brasileira da segunda metade do século XIX, mas, sobretudo, um painel das diversas facetas da condição humana, que tem em *O alienista* seu ponto mais alto.

CONVERSANDO SOBRE A OBRA

O alienista

1. Explicar por que, no início, a população de Itaguaí viu com bons olhos a criação da Casa Verde, mas, com o passar do tempo, ela começou a ficar preocupada com o critério usado pelo alienista para internar as pessoas.

2. Depois das rebeliões contra o alienista, quando as forças do vice-rei restabeleceram a ordem na cidade, como estava a situação na Casa Verde?

3. Depois de internar quase toda a população, superlotando a Casa Verde, o doutor concluiu que o conceito de normalidade era outro. Qual?

4. Explicar a lógica do pensamento do doutor Bacamarte que o levou a internar-se sozinho na Casa Verde.

5. No início da história, a teoria do doutor Bacamarte era: "A razão é o perfeito equilíbrio de todas as faculdades; fora daí insânia, insânia, só insânia". Discutir esse conceito de razão. Seria ele realmente aplicável ao comportamento humano?

6. O conto provoca uma reflexão acerca do que é normal ou anormal no comportamento humano. É possível estabelecer um critério que defina claramente o que é razão e o que é loucura? O que é ser saudável mentalmente? Comentar o comportamento de algumas figuras históricas e explicar se elas poderiam ser consideradas normais ou não pelo doutor Simão Bacamarte. Por último, discutir a questão da investigação científica: a ciência um dia vai conseguir definir o que é um ser humano normal ou isso não passa de uma ilusão dos cientistas?

Teoria do medalhão

1. Nesse conto, temos um pai dando instruções ao filho sobre como conduzir sua vida, agora que ele está entrando na maioridade. Explicar em que consistem as características básicas de um verdadeiro "medalhão".

2. Essa "teoria" pode ser aplicada ainda hoje? Por quê?

3. Imaginar uma conversa atual entre pai e filho: como seria o "medalhão" do século XXI?

D. Paula

1. Recordar é viver? Discutir como essa questão pode estar por trás do conto *D. Paula*.

2. O interesse do conto está na solução do problema da sobrinha ou não? Como isso se relaciona com as preocupações principais da literatura machadiana?

Uns braços

1. Inácio não gostava de Borges nem da rotina de trabalho que ele lhe impunha. Então, o que o mantinha naquela casa e naquele serviço?

2. Que reação teve D. Severina ao perceber que despertava a atenção de Inácio?

3. Que fato ocorreu, certo dia, que deixou D. Severina tão perturbada que precipitou a saída de Inácio daquela casa?

4. Por que Inácio pensou que tudo não passara de um sonho?

A segunda vida

1. Nesse conto, em tom humorístico, o autor enfoca um pensamento largamente aceito, o de que a felicidade consistiria em se ter a experiência de uma pessoa madura num corpo jovem ("Quem me dera aquela idade, sabendo o que sei hoje!"). Você concorda com essa ideia?

2. Explicar por que, ao contrário do que pensara o personagem, a experiência não lhe trouxe felicidade.

Cantiga de esponsais

1. Explicar o motivo da tristeza de mestre Romão.

2. Discutir se é válido afirmar que o tema desse conto relaciona-se com o mistério da criação artística em geral, qualquer que seja a área.

Singular ocorrência

1. Por que o conto tem esse título?

2. Há alguma explicação para a conduta de Marocas?

Trio em lá menor

1. Que personagens compõem o "trio" de que fala o título?

2. Explicar as diferenças de personalidade que havia entre Maciel e Miranda.

3. Que expediente usava Maria Regina para poder imaginar o homem ideal?

4. Por que Maria Regina não conseguiu escolher nenhum dos pretendentes?

5. Esse estudo da alma humana feito por Machado de Assis ainda pode ser considerado atual? Por quê?

Entre santos

1. O caso narrado por S. Francisco de Sales apresenta que tipo de situação humana?

2. Que concepção do ser humano revela Machado de Assis nesse conto?

Um homem célebre

1. Por que Pestana se sentia tão incomodado com a fama que tinha?

2. Explicar os pontos em comum entre esse conto e *Cantiga de esponsais*.